集英社オレンジ文庫

平安あや解き草紙

～その恋、人騒がせなことこの上なし～

小田菜摘

本書は書き下ろしです。

CONTENTS

イラスト／シライシユウコ

平安あや解き草紙

その恋、人騒がせなことこの上なし

HEIAN AYATOKI SOSHI

第一話 いかなる財や名誉を持ってしてもどうにもならないこと

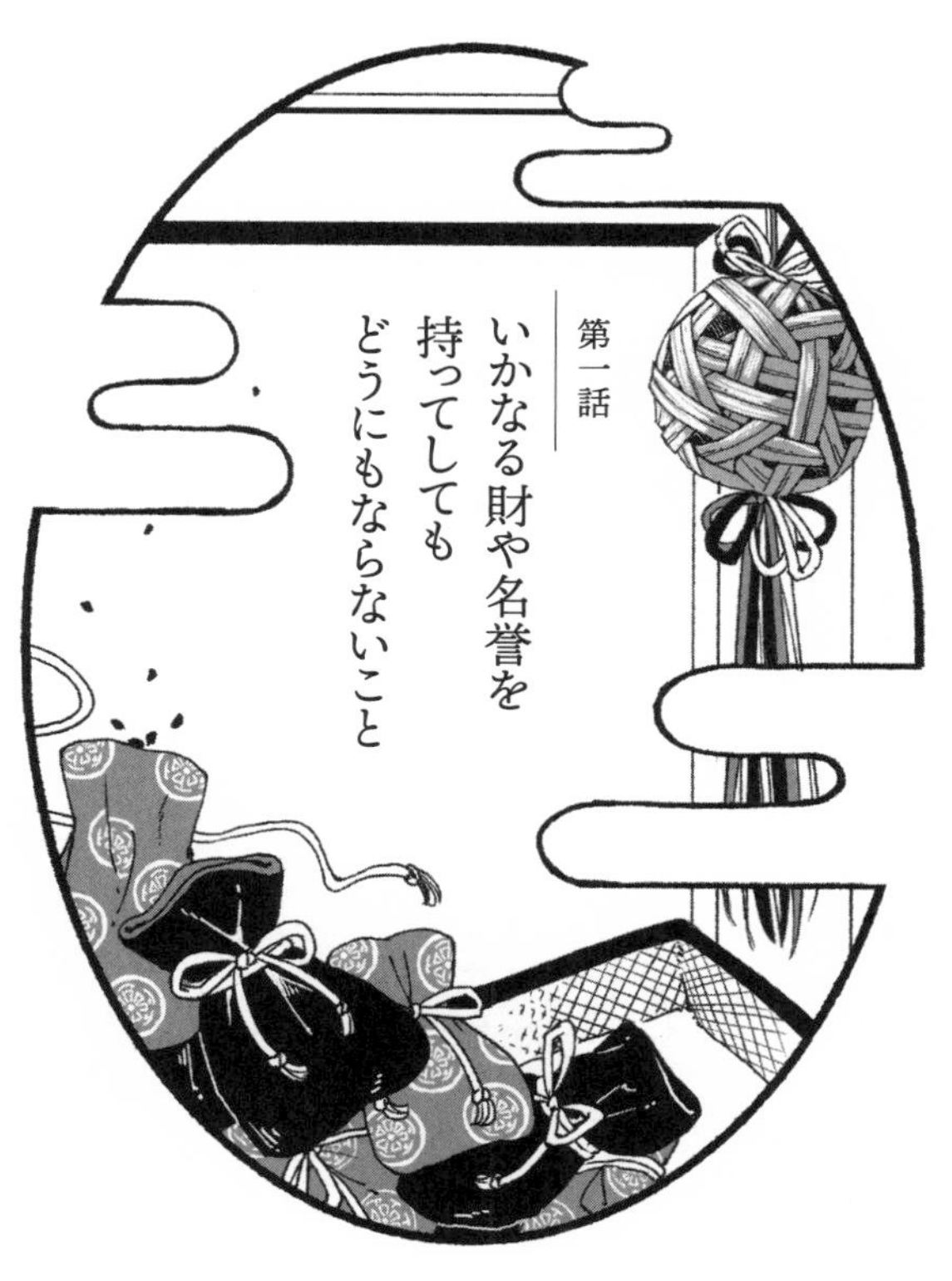

長月朔日。

御所の朝は早く、卯の刻（午前六時頃）にはもうあさぎよめ（掃除）がはじまる。

あと一刻（三十分）もすれば開大門鼓が打たれて、主要な門は開かれるだろう。

御簾のむこうで女孺や雑仕女が忙しく働く気配を感じながら、尚侍・藤原伊子はいつものように自分の局で身支度をはじめていた。

左大臣家の大姫（貴人の長女）である伊子が、三十二歳という年齢で出仕をはじめてから五ヶ月が過ぎようとしていた。十六歳も年少の今上からの求愛を避けるための苦肉の策ではあったが、思いの他やりがいがあり生活は充実している。ちなみに尚侍とは帝に近侍することを旨とする内侍司の長官で、後宮女官達の束ね役でもある。

高位女官である女房の装束は唐衣裳、いわゆる十二単だ。五つ衣は一枚かさねるごとに濃さを増す萌黄のうすよう。女郎花地幸菱に淡い銀糸で臥蝶丸を上紋様として織り出した二陪織物の表着に白の唐衣を羽織る。最後に裳の紐を結び終えたところで、まるで計ったように勾当内侍が飛びこんできた。

「かような早朝に、申しわけございませぬ」

右腕とも言うべき有能な女官は、それとはっきり分かるほどに青ざめていた。日頃は沈着な彼女の珍しい姿に、ただならぬ気配を察して伊子の肩に力が入る。そばに控える乳姉妹・千草も、なにごとかというような表情を浮かべている。

「かまいません。なにか起きたのですが？」

伊子の問いに勾当内侍は深々とうなずき、低い声で告げた。

「主上の御石帯の銙が、無くなっておりました」

石帯とは男性の朝服である束帯や衣冠の着用のさいに着ける革の帯で、銙とはその飾り石である。一寸（約三センチ）四方ぐらいの薄い板状の貴石で、巡方（方形）、丸柄（蒲鉾型）等ちがう形状の物を複数連綴する。身分に応じて玉、瑪瑙、犀角など材質に違いがあり、帝の石帯には希少価値の白玉が十二個も使われていた。

その銙が十一しかないことに、今朝になって女房が気づいたのだという。なんでも最端のものが無くなっていたというのだ。

「宮様。すべての宮門の衛士達に、仰せの通りに申しつけました」

外から戻ってきた千草が告げると、式部卿宮・嵩那親王はうなずいた。

伊子が賜る承香殿の局には、宿直装束である衣冠姿の彼と勾当内侍が同席していた。

公卿達はまだ参内していなかったが、宿直で直盧にいたのが嵩那だったことは伊子にとって不幸中の幸いだった。

かつての恋人である三つ下のこの青年を、伊子は心から信頼していた。十年前はさほど意識していなかった思慮深さや人柄の良さを、出仕をきっかけに再会したことであらためて知ったからである。

その人柄に触れてゆくうちに、伊子はふたたび嵩那に恋心を抱くようになっていた。今上から望まれているという現状でのその想いが、不穏な結果を導きかねないことは分かっていたが、それでもその気持ちを止めることはできなかった。

そして嵩那のほうもはっきりと「諦めませぬ」と伊子に告げてくれたのだった。

あれ以降、伊子の中での嵩那に対する想いはいっそう深くなっている。

千草の報告を受けて嵩那は「ご苦労だったね」と短い言葉で、彼女を慰労した。一通りの事情を聞いた嵩那は、今から外に出ようとする者はすべて身分と持ち物を確認するように命じたのだ。錡がいつからなくなっていたのかはわからないが、張れる網はすべて張っておこうという考えらしい。

官吏達がいっせいに出勤をはじめるこの時間、出て行こうとする者は限られている。まして女官達にいたっては、身分を問わず御所に寝泊りをしている者がほとんどだ。外に出ようとする者がいればそれだけで疑わしい。

「やはり、盗まれたのでしょうか？」

不安げな顔をする勾当内侍に、伊子も眉を曇らせる。

帝の装束の保管場所は種類や季節によって異なるが、石帯は直近にかぎって言えば、清涼殿の『朝餉の間』に置いた唐櫃の中に収めていた。

御所に盗賊や泥棒が入ることはままあるが、さすがに朝餉の間に侵入したら誰かが気づくはずだ。ちなみに朝餉の間とは帝が日常を過ごす居室で、その隣は女房達の詰所でもある台盤所となっている。

しかしそのような騒ぎは、ついぞ起きていない。つまり盗まれたのだとしたら、内部の者の犯行の可能性が高いのだ。内部の者とは、公に御所に出入りしている者。すなわち公卿も含めた一部の朝臣。そして、後宮に仕えるすべての女達だった。

「銙とは、そのように簡単に外れるものなのですか？」

首を傾げつつ伊子は尋ねた。女の身では石帯をじっくりと目にすることはないが、貴石を針と糸で縫いつけられるわけはないし、糊でもよほどの接着力の強いものでないと無理だろう。

「可能性はありますよ」

嵩那が言った。

「銙は座金と鋲を使って接着しますが、道具を使えばコツを摑んでいる者などは簡単に外せると思います。それに重さがあるので、経年によって緩んでくることもあります」

なるほど。石帯の作りとはそのようになっているのか。しかしその話を聞くと、単純に落ちたという可能性も出てくるのではないか。

伊子は記憶を遡らせる。

「確か御石帯を最後に確認したのは、先月の十五日の駒引――」

「いえ。昨日です」

勾当内侍の証言に、伊子は怪訝な顔をする。石帯は晴れの装束でしか使用しない物なので、身に着ける機会はかぎられている。ここ数日改まった儀式は行われていないので、帝が着用する機会もなかったはずだ。

勾当内侍は、弁明するように付け足した。

「風を当てようとしたのです。ここ数日雨がつづきましたでしょう。昨日は湿気もなく虫干しには良い日和でございましたので、冠や平緒と一緒に行いました。用心のために二人でするように命じましたが、双方とも古くから仕える信頼できる者達です」

貴重品を一人だけに扱わせないのは、盗難防止だけではなくなにかが起きたときの証立ての意味もある。

「そのときは、石帯に変わりはなかったのですね」

嵩那の問いに、勾当内侍の表情は少しばかり気弱なものになる。

「それらしき報告はなにも受けておりませぬ。ただ彼女達も、個数を数えてまでは確認していないと言っていました」

伊子と嵩那は目を見合わせた。

「ぱっと見た印象で、なにげなくしてしまっていたと……」

聞いてみればなるほどと思う言い分だ。三つが二つに、あるいは十二個連綴してあるうちの六番目の物が欠けていたら誰でも気づくだろう。しかし十二が十一で、しかも端の物が無くなっていたのなら、一瞥しただけでは見落としてしまうかもしれない。座金と鋲もともに無くなっていたとしたら、痕跡にも気づかないだろう。

嵩那は顎に手をおき、ふむ、と首をひねった。

「そうなるともっと以前より無くなっていて、単純に気づかなかったという可能性も出てきますね」

「ならば発見者の女房は、なにがきっかけで御石帯の異常に気がついたのかしら?」

あらためて口にして、伊子はその不自然さに気づく。そもそもそれ以前の疑問として、なにが理由でその女房は帝の唐櫃を開けたりしたのだろう。

それは、と前置きをして勾当内侍は答えた。

「女嬬が唐櫃の蓋を開けているところを見たそうです。それを怪しんで、石帯を確認したと言っていました」

「女嬬が蓋を?」

行動だけ聞けば、その女嬬がかなり怪しい。しかし勾当内侍はゆっくりと首を横に振った。

「ですがその者は、銙を持ってはいませんでした」

「ならば女嬬が蓋を開けていたというのは、女房の誤解だったのですか?」

「いえ。それは本当だと女嬬本人が述べております。その女嬬が申しますには、掃除で朝餉の間に上がったところ、蓋がずれていたので不審に思って開けてみたと言うのです。女房はたまたまその現場を見たのだと思います」

あさぎよめの時間帯に、彼女達が朝餉の間にいたこと自体は怪しむことではない。

帝が在室のさいに朝餉の間に伺候できるのは伊子のような上臈だけだが、御簾の上げ下げや室を整えるなどの作業はとうぜんそれ以下の女房達に任される。まして掃き掃除や拭き掃除などの荒仕事は、女嬬や雑仕女など女房より下位にある女官(下位の女官はにょうかんと読み分けられた)の仕事となる。

「ですから唐櫃の蓋が緩んでいたこと自体は、私共の不始末だったのでしょう」

恐縮したように勾当内侍は言うが、鍵のある櫃でもないから不始末というほど大袈裟なものではない。

いずれにしろ女房も女孺も、唐櫃に触れた理由は理のあるものだった。そうなると嵩那が言ったように、銙は以前から無くなっていた可能性も出てくる。

嵩那は屋根裏を見上げてしばらく思案していたが、おもむろに姿勢を戻して言った。

「主上が着用していたさいに落ちて、気づかなかったということは考えられませんか？」

同じことを、伊子も先ほど考えた。

だがそうだとしたら、捜しだすことは絶望的だ。

直近で帝が石帯を着用したのは駒引の日、半月も前のことだ。毎日掃除が行われている御所で、そのときに落としたものがいまだに見つかっていないというのなら、発見者が拾得してしまった可能性が高い。

せめて無くなった直後にでも気づいていれば捜しようもあっただろうに、半月も気づかないままできてしまった。これはまちがいなく物品を管理する女房達、ひいては彼女達の長たる自分の不手際だ。

自然と厳しい面持ちになる伊子に、勾当内侍が言う。

「申しわけございませぬ。私がもっと注意をしていれば……」

「あなたのせいだとしたら、それは上司である私の責任でもあるわ」

「それにしても、引っかかることはあるのですよ」

伊子達のやりとりを聞いていた嵩那がぽつりと言った。

「引っかかること？」

「発見者の女房です。いくら女孺の行動に不審を抱いたからといって、自分の私物でもないのに銙の個数を数えるなど、そこまで細かく調べますかね。唐櫃を開けてそこに石帯があれば、普通はそれで安心してしまう気もするのですが……もちろん検非違使とかであれば入念に調べるでしょうが」

確かに嵩那の言い分は一理ある。現に虫干しをした女房達は、銙の数をまったく認識していなかったと言った。もちろんなんの不審も抱いていなかった彼女達と、女孺の行為を怪しんだその女房とでは慎重さはちがってくるだろうが。

いずれにしろ、本人に確認をしてみる必要はあるかもしれない。

短い時間でその判断をすると、伊子は勾当内侍のほうをむいた。

「その女房に、話を訊くことはできますか？」

「呼んで参ります」

勾当内侍が出て行ったあと、嵩那も腰を浮かした。

「そろそろ公卿達も参内する頃ですから、彼らには私のほうから話しておきましょう。大君は主上にご報告をお願いいたします」

「承知いたしました」

伊子の返答に、嵩那は立ち上がったままうなずき返す。そのまましばらく間を置き、やがて遠慮がちに彼は言った。

「場合によっては、弟君に出ていただくことになるやもしれませぬ」

「……」

伊子の弟・実顕は、検非違使庁の長官たる別当である。紛失ではなく盗まれたのだとしたらとうぜんだが、後宮に捜査の手が入るのかと思うとやはり気が重くなった。

嵩那と入れ替わるように、勾当内侍が若い女房を連れて戻ってきた。

「右近と申します」

廂の間に座して一礼した女房を、伊子は一段高い母屋から見下ろした。

年の頃は二十歳前後といったあたりだろう。背格好も容姿も、とりたてて目を惹くようなところはない。蘇芳色の唐衣は上質な品だったが、着こなしはこれといって際立ったところもない無難なものだ。

「朝早くから、ご苦労でしたね」

慰労の言葉に、右近はそれまで伏せ気味にしていた顔をゆらりと起こした。

可もなく不可もなくといった極めて平凡な容姿であるにもかかわらず、不思議なほど印象が良くない娘だった。一言で言えば、陰険そうだ。生気のない澱んだ瞳の奥には、夜光虫のような昏い光が宿っているかのように見える。

もちろんそんな先入観を持ったまま、聞き取りを行うわけにはいかない。伊子は軽く頭を振り、気持ちを切り替えた。

「右近。あなたは女嬬が、唐櫃の蓋を開けているのを見たと言うのですね」

あらためて確認をすると、右近は深々とうなずいた。そのうえで彼女は、見た目通りの陰気なくぐもった声で事情を語りはじめた。

「今朝いつものように、調度の整理をするために清涼殿にむかっておりましたら、女嬬の空木が『朝餉の間』に入るところを見かけました」

件の女嬬が空木という名だと、伊子はここではじめて知った。

「そのときは、あなたも清涼殿にいたのですか？」

「いえ。私は自分の局を出たところでしたので、後涼殿の東簀子におりました」

「そこからでは、空木が唐櫃を開けたのかどうかなど分からないのではありませぬか？」

後涼殿は、壺庭を挟んで清涼殿の西側に建っている。この建物の東廂は女房達が住む曹司町にあてられているので、右近はそのまま東簀子に出たというわけだ。

そこからは確かに、朝餉の間をはじめとした帝の居室が見渡せる。しかしたとえ御簾を全開にしていても、壺庭の前栽もあるので室の奥での行動までは見通せない気がする。

「はい。ですが清涼殿まで追いかけましたので」

「追いかけた？」

右近はうなずいた。

「あの娘は私と目をあわせたにもかかわらず、挨拶もせず逃げるように室に入ってしまったのです。それで一言注意をしようと追いかけた次第でございます。あの娘は御所に仕えるようになってまだ二ヶ月余り。いまのうちにしっかりと躾を施さなければなりませぬゆえ」

なかなか陰湿な理由を、悪びれた気配もなく右近は答えた。

もちろんそれが本当なら、女嬬として空木は非礼である。しかし右近のほうも、追いかけてまで叱責するものかとは思う。そもそも時間帯や双方の距離を考えれば、空木の位置から右近の姿が見えなかっただけということもあるだろうに。

あんがい空木という女嬬も、右近のこの性格を敬遠して故意に逃げたのではなかったのかと伊子は思った。

「そこであの娘が、唐櫃(からびつ)の蓋を持ち上げているところを見たのです。ゆえに急いで捕まえて中を確認したところ、銙(か)が足りなくなっていることに気づいたのでございます。もちろんすぐに人を呼んで身体検査を致しました。結果としてあの娘は銙を持っておりませんでしたが……」

それ自体は真っ当な行動だ。貴重品が入っている櫃を管理者以外が触っていたら誰だって疑う。嵩那はなにゆえと怪しんだが、右近の確認がなければ銙の紛失にずっと気づかなかった可能性もある。

その点で、右近の手柄はまちがいない。

にもかかわらず伊子は、右近の物言いが気に障(さわ)ってしかたがなかった。第一印象の悪さも影響しているのだろうが、ここまでの彼女の言動にずっともやもやしつづけていた。

なにしろ結果的に、空木は銙を持っていなかったのだ。

他人の疑惑を告発するという行為は、一般的に大きな心の負担を伴(ともな)うものだ。自分の一言で一人の人間の運命を変えてしまいかねないのだからとうぜんだ。いっそ見ないふりをしていたほうが無難ではないか？　そんな逡巡（しゅんじゅん）に加え、自分が告発しようとしていることはまちがいなく真実なのかという疑問も生じる。もし勘違いだとしたら、取り返しのつかない事態にもなりかねない。善悪の問題とは別に、他人を告発するという行為はさまざまな重圧を伴うものなのだ。

しかし右近からは、そんな葛藤（かっとう）が一切感じられなかった。状況からとうぜんの行為とはいえ、身体検査までした空木に対して微塵（みじん）の罪悪感も抱いていないようでもある。そもそも急いで捕まえたという表現も、まるで泥棒に対する物言いだ。

「尚侍（かん）の君（きみ）」

右近が呼びかけてきた。不思議なほどに人を不快にさせる声音（こわね）だった。

「人から聞いた話なのですが、空木は右京（うきょう）の貧しい家の生まれで、着の身着のまま御所に雇われたのだそうです」

悪意に満ちた物言いに、伊子は眉（まゆ）を寄せた。

この状況で空木の貧困を口にする意図は、火を見るよりあきらかだった。

――いったい、この娘はどういう精神（こころ）をしているのか。

右近に対する不審と嫌悪が、夏の雨雲のような勢いで広がってゆく。

怒りと動揺（どうよう）を鎮（しず）めるため、伊子はひとつ息を吐いた。

「分かりました。空木からも事情を聞きましょう」

右近の瞳が昏い愉悦（ゆえつ）に輝いた。

気づかぬふりをして勾当内侍（こうとうのないし）に視線を移すと、彼女は心得たようにうなずいた。

「空木は、曹司町（ぞうしまち）のほうで控えさせております」

曹司町は女房の室なので、女嬬が控える場所ではない。つまり容疑者として女房達に見張らせているというわけだ。右近の一連の証言を聞いたのなら、勾当内侍も空木を疑わないわけにはいかなかったのだろう。

「呼んできてちょうだい」

そう命じると、伊子はふたたび右近に視線を戻した。

空木の呼び出しを聞いたあとの彼女は、まるで水を得た魚のように、さらになにか語りたそうに口許（くちもと）をむずむずさせている。

「ご苦労でした。あとは私達に任せて、あなたは持ち場にお戻りなさい」

右近は拍子抜けしたような顔をしたが、伊子は無視を貫いた。

上官として、個人的に部下を嫌いになることは避けなければと分かっている。それなのにじわじわと大きくなる嫌悪感が抑えられなかった。それを阻(はば)むために、一刻でも早く右近をこの場から立ち去らせる必要があったのだ。


それからほどなくして、空木は承香殿の壺庭にやってきた。

勾当内侍からの知らせで簀子に出た伊子は、思わず感嘆(かんたん)の息をついた。

(これは、なんと……)
十五、六歳と思(おぼ)しきその娘は、女房達の中にもこれほどの者はそういないと思えるほどの大変な美少女だった。
女房ではなく女嬬なので、装(よそお)いは山吹(やまぶき)色の小袖(こそで)に褶(しびら)という粗末なものである。髪も女房達のように長くはなく、背中のあたりで切りそろえた下げ髪だ。

それでもその美貌(びぼう)は光り輝いていた。

薄紅(うすべに)の八重桜(やえざくら)のように清楚(せいそ)で華やかな顔立ち。手足はすんなりと長く、ほっそりとした身体(からだ)付きはまるで百合(ゆり)の花を思わせるたおやかさ。白い瓜実顔(うりざねがお)を縁取る黒髪は、丁寧(ていねい)に何度も塗りを重ねた漆(うるし)のように艶々(つやつや)としている。

完璧(かんぺき)な美貌の中で敢えて無理に欠点を探すのなら、背が高いことだろうか。小柄な体躯(たいく)

は、当世の女性にとって大きな美点だった。その点で空木の上背は許容を超えていたかもしれない。しかしこんなものは個人の感覚で、自分自身が長身ということもあって、伊子はむしろ共感を抱いた。

「あなたが空木ですか？」

伊子の問いかけに、空木は緊張に顔を強張らせたままこくりとうなずいた。

見兼ねたのか、勾当内侍が柔らかい声で言う。

「そうおびえずともよいのですよ。そなたの身辺から錡が見つからなかったことは、尚侍の君にお伝えしていますから」

右近がなにをどう言おうと、状況から空木が錡を盗んだ可能性は低い。まして勾当内侍からすれば、息子の尚鳴と変わらぬ年頃の娘だ。優しい言葉のひとつでもかけてやりたくなるだろう。

はたして空木の表情には、あきらかな安堵の色が浮かんだ。

「あなたが唐櫃を開けていたのは、蓋がずれていたからということでまちがいありませんね」

伊子の問いに、空木は大きくうなずいた。

「はい。いつもはきちんと閉じているのに……それで、つい不思議に思って開けてしまいました。勝手な真似をしてすみませんでした」

「今回はしかたがありません。されどかようなことがふたたびあれば、次からは誰か人を呼んで二人で確認するようになさい。それは自分の身を守るためにも必要なことです」

いったん注意をして、伊子は質問に戻った。

「右近は清涼殿にいるあなたを見つけて追いかけたと言っていましたが、彼女が後涼殿にいることにあなたは気づいていましたか？」

空木はばつが悪そうに視線を自分の足元にむけた。そのまま言葉を探すように唇をもごもごと動かしていたが、やがて腹をくくったように顔を上げた。

「知っていました」

意外とはっきりと答えたものである。

「その、右近様は大変に厳しい方で、色々と細かく叱責をなさいますので……」

ちらりと伊子が推測したことは、どうやら当たっていたようだ。

下手に挨拶などをしたら最後、ねちねちといびられかねない。だから気づかないふりをして、朝餉の間に逃げこもうとしたというわけか。さすがに渡殿を越えて追いかけてくるとは思っていなかったのだろう。

見ると勾当内侍も、納得ずくの顔をしている。中臈達を束ねる立場にある彼女は、以前より右近の陰湿な性格を承知していたのかもしれない。

結果的に、空木が自分の存在に気づいていたはずだという右近の主張は当たっていた。

そうなるとますます、空木が銙を盗んだ可能性は低くなってくる。朝餉の間に出入りするところを右近に見られているのに、それを承知で盗みを働くはずがないからだ。

となると銙は今朝ではなく、もっと以前に無くなっていたと考えたほうが正解かもしれない。それが盗難なのか紛失なのかは定かではないが、これまでの証言から鑑みて、右近も空木もこの件にかかわってはいないと考えたほうがよさそうだ。

右近の人柄は好ましくないが、その結果に伊子は安心した。

「あの……」

遠慮がちに空木が口を開いた。

「私、暇を出されるのでしょうか？」

予想外の問いに、伊子はきょとんとする。

どう受け止めたのか、空木はその場にひれ伏した。

「なにとぞお許しください。私は年明けに両親を亡くして、他に頼る者はおりませぬ。ですから御所で働かせてもらって本当に助かっています。ここを追い出されたら……」

そこで空木は顔を上げて、すがるように伊子達を見上げた。

伊子と勾当内侍は目を見合わせる。

やがて勾当内侍が、なだめるように言った。

「大丈夫ですよ。神鏡が入っているというのならともかく、櫃の蓋を開けたぐらいでは罪を問うたりしません」

空木は表情を輝かせた。

「ありがとうございます。これからも心をこめてお仕えいたします」

喜びと安堵を満面ににじませた空木は、いじらしいほどに可愛らしかった。

たとえ身分が低くても、この若さと美貌であれば言い寄る男は後を絶たないだろう。本人はこれからも仕えると言ったが、近々のうちに見初められ、どこかの官吏の側室辺りに納まっている気もする。

一通り話を聞いてから、伊子は空木を立ち去らせた。

「あの二人は、おそらく第一発見者というだけのようですね」

御簾内に入ってから勾当内侍が言った言葉に伊子は同意した。

右近から空木に疑いを向けようとするあきらかな悪意を感じはしたが、状況と言い分を鑑みるに二人とも関与していなさそうだ。

ならば錡が無くなった理由は、紛失なのか、盗難なのか——。

（そのためにはまず、いつ銙が無くなったのかをはっきりさせないと）

二人の女官からの聞き取りで得たいくばくかの情報を、伊子は頭の中で整理しようとした。いずれにしろ最優先事項は、犯人捜しではなく銙を見つけることなのだ。

銙が無くなったことを帝に伝えることができたのは、午の刻（この場合は正午頃）に朝の御膳を食されたあとだった。帝は朝一番に御湯殿で身を清めたあと、石灰壇で伊勢神宮への遥拝をすることになっている。これらの儀式の最中にはさすがに話を切りだすことができず、結局この時間になってしまったのだ。

事情を聞いた帝の反応は、拍子抜けするほどあっさりしたものだった。

「いったいどこで無くしたのだろう？　駒引のときに落ちたものだろうか？」

しきりに首を傾げるその姿に緊張感はなく、誰かが盗んだのではと疑っている気配は微塵も感じられなかった。

すると簀子でやりとりを聞いていた尚鳴が口を挟んだ。

「もしも外で落とされたのだとしたら、烏が持っていったのかもしれません。あやつらは光るものを見つければすぐに咥えてしまいますから」

勾当内侍の息子である十五歳のこの美少年は、つい先日まで楽所に所属していた伶人(楽師)だったのだが、このたび従五位を授かって殿上が許される身分となった。官職はまだ決まっていないが、きっちりと糊が利いた緋色の位袍がなんとも初々しい。

この異例の大昇進の理由は、父が左近衛大将で帝の従兄弟という彼の出生が世間にあきらかになったからである。勾当内侍と左近衛大将は、かつて恋人同士だった。ちなみに近頃の左近衛大将は『貴女に二度目の恋をした』とかで十六年ぶりに勾当内侍に迫っているという話なのだが、そのあたりの詳細は聞いていない。

いっぽう帝は、自分より一つ下の従兄弟をことのほかお気に召したようで、直々に『蛍草』という美しい呼び名を与え、なにかと理由をつけては側に召している。いまここに尚鳴が同席しているのは、そのような事情からであった。おそらく帝にとって尚鳴は、はじめての同年代で同性の話し相手なのだろう。

「まことか？　烏というのは、そのような奇怪な真似を致すのか」

「はい。きらきらした宝を見つけては巣に持ちこむのです。だいぶん強欲な生き物なのでしょう」

尚鳴の口ぶりは冗談めかしたものだったが、その証言になるほどと伊子は思った。

烏の可能性は考えていなかったが、ならばいくら掃除をしても見つかるはずがない。

いっそそうであれば良いのにと、半ば祈るような気持ちにもなる。それでも自分達の不手際にかわりはないが、御所内で犯人捜しをしないで済むのなら、それだけでも胸のつかえが下りる。

尚鳴は得意げに、烏についての知見を語りつづける。

「烏というやつは、まこと驚くほど賢い鳥なのですよ。案山子などすぐに見抜いてしまいますし、渋柿は絶対についばみませぬ。さすが始馭天下之天皇（神武天皇）を大和へとお導きした鳥かと」

初代・神武天皇が熊野に分け入り隘路に迷ったとき、どこからか飛んできた八咫烏の先導により無事に大和に辿りついたというのは有名な話である。

「ああ、言われてみればさようであったな」

なかなかに気の利いた引用に、帝は上機嫌で応じる。

この様子からすると、帝は銙が無くなったことをさほど深刻にとらえていないように見える。確かに玉自体は高価な品ではあるが、剣璽（三種の神器のうち草薙剣と八坂瓊勾玉のこと）のように皇位の継承や国家の存続に影響するものでもない。

帝が心を痛めていないことは伊子にとって幸いだが、だからといってそれで終わりというわけにもいかない。どうしたものかと思い悩みながらも、二人の少年が盛り上がっているので、水を差すのも咎められて伊子はそのことを口にできずにいた。

しばらく烏の話題をつづけたあと、尚鳴はちらりと庭に目をむけた。

「すみませぬ主上。しばし席を外してよろしいでしょうか？」

「かまわぬが、なにか用事があるのか？」

「はい。母から茱萸嚢を取りに来るようにと言われていたものですから」

そう言った尚鳴の瞳は、あふれんばかりの期待と喜びを湛えていた。理由は明確だ。単純に勾当内侍に会えるからである。この少年の常軌を逸した母に対する愛情は伊子も承知していたが、こうして目の当たりにするとやはり苦笑してしまう。

もちろんそんなことを知らない帝は、一瞬なんのことかという顔をした。

「茱萸嚢？」

「主上。本日は長月の朔日でございますよ」

見兼ねて口を挟んだ伊子に、帝はぽんと手を鳴らした。

「そうか。もう重陽か」

茱萸嚢とは、文字通り呉茱萸の実を入れた緋色の袋のことである。手のひらより少し大きいぐらいの巾着型で、口の部分に造花を飾ることもある。

九月九日に御帳台や母屋の柱などに取りつけるのだが、五月五日の端午の日に下げた薬玉と交換する形になる。薬玉とは蓬や菖蒲等の薬草を、笊や籠を編むように組みあげて五色の糸で飾った玉のことで、今も御所の柱のあちらこちらにぶら下がっている。

九日は他にも、ちょうど盛りである菊にゆかりを持つさまざまな儀式も行われる。それらを総称して重陽の節句と呼ぶのだった。

伊子はなにげなく柱の高い位置に吊るした薬玉を見上げた。よほど器用な者が作ったと見えて、実に綺麗な球形をしている。承香殿に吊るしてあるものなどは、拳骨のように歪な形をしているというのに。

さすがに五ヶ月も経つと、さわやかな香気を放っていた薬草もすっかり色褪せてしまっていたが、女人達では容易に触れられない高さにあるからなのか、崩れもせずに当時の球形を保っている。

「もう重陽とは、月日が経つのは早いものですね」

しみじみと漏らした伊子に、尚鳴が尋ねた。

「御所でお使いになる茱萸嚢は、すでに仕上がっているのですか?」

「いいえ。布と呉茱萸は準備していますが、確か今日あたり作るつもりだと聞いております。二十個ほど作る予定だというので、蛍草殿の母君も忙しくなる前に御自宅のぶんを前もって作っていたのでしょうね」

「そうだと思います。北小路の家の薬玉を取り替えるように言われましたので」

北小路の家とは、かつて尚鳴が住んでいた勾当内侍の実家である。左近衛大将の一人息子として世間に認知されたいまは三条大路の邸宅に住んでいるが、馴染みの使用人がいることもあってちょいちょいと戻っていると聞く。

「なるほど。さようなことであれば、遠慮せずに行ってまいれ」

鷹揚な口調で許可をしたあと、今度はからかうように帝は言った。

「そうそう。重陽の日はそなたの笛を楽しみにしているぞ」

「どうぞお任せくださいませ」

臆するどころか、心持ち挑発するかのように尚鳴は応じた。十五歳という若さで楽所の正式な笛の奏者に任命されたこの少年は、当代に並ぶ者のない紛うことなき天才楽師である。きっと帝の期待も重圧にはならないのだろう。

尚鳴が出て行ったあと、伊子はあらためて鋳の紛失について詫びた。いくら帝がさほど気にしてなさそうとはいえ、落ち度のある側が同じに思ってはいけない。

「私どもの不手際で、主上の御心を煩わせてしまって申しわけありませぬ。鋳は念入りに捜させますので、いましばらく猶予をいただきますようお願いいたします」

「いや。鳥が咥えていったのであれば、もう無理ではないのか」

「であればそうでしょうが、物が物だけに何者かが拾得している可能性もありますので」

伊子の言葉に、帝ははじめて眉を曇らせた。

できることなら犯人捜しなど避けたい。その思いは誰しも同じなのだろう。

帝はしばらくものを言わずにいたが、やがて遠慮がちに口を開いた。

「それならば、尚侍の君。あなたが采配するのではなく、検非違使に任せたほうが良い」

「……」

「仮に後宮の女達の誰かの仕業であれば、あなたも嫌な思いをするだろう」

帝の言うことは正しかった。

自分の部下の中から犯人捜しをするなど気が重い。ましてその中から犯人が見つかったとしたら、身を切られるように辛いだろう。

もちろん、それだけではない。

身内が犯人捜しをしても、なんらかの隠蔽や忖度を疑われかねない。伊子の個人的な心苦しさより、むしろそのほうが重要にちがいない。

「さようでございますね」

一拍置いて、伊子は言った。

「分かりました。ひとまず検非違使に一任し、その結果によりその後を判断いたしたいと思います」

「判断？」

何気なく伊子が口にした言葉に、帝は敏感に反応した。

「よもや責任を取って、尚侍の職を辞するなどと考えているわけではあるまいな？」

思いもよらぬことを言われ、伊子は目を瞬かせた。

責任を取って職を辞する——正直に言うと、そこまで考えてはいなかった。宮仕えをはじめて半年にもならない伊子は、このような場合の責任の取り方にまで考えが及ばなかったのだ。

しかし職を辞するというのは、昔からよく聞く引責の手段である。

言葉での謝罪なら子供にでもできる。だからそれだけではなにも解決しない。ゆえにそれ以外の手段となると、自ら職を辞するという結果になるのだろう。

一度失敗した人間に、周りがもう任せたくないと思うことはとうぜんだ。しかも失敗した当事者が退くことで、失敗をしない優秀な人材を招き入れることができる。責任を取って職を辞するというのは、要するにそういうことなのかもしれない。

伊子はここにきて初めて、今回の件で宮仕えを退くという可能性に思いいたった。

そうだ。錡が見つからなければ、責任を取って辞職を求められることもありうるのだ。

「主上は、いかようにお望みでしょうか？」

情けなくも、自然と声が上擦っていた。

尚侍を辞してしまったら、もはや入内を断る術はなくなる。そうなれば嵩那に心を残したまま、妃となることを余儀なくされるかもしれない。

伊子はすがるような思いで帝を見た。

その視線を受けとめ、帝もまた伊子をじっと見つめた。

しばらくの見つめあいのあと、帝はすっと目をそらして言った。

「責任を取って辞めたところで、無くなったものが戻ってくるわけではない」

千草から右近の悪評を聞いたのは、その日の夜のことだった。

先に勾当内侍にも尋ねてみたのだが、彼女は言葉を濁すばかりで具体的な悪口は一切言わなかった。

こうなったら千草に訊くしかないと話を振ってみたところ、あんのじょうこちらは期待を裏切ることなくおおいに舌鋒をふるってくれた。

「大っ嫌いですよ！　陰湿で陰険を絵に描いたような女ですから」

　それは伊子が受けた印象そのものだったので、ある意味で右近は裏表がない人間と言えるのかもしれない。

「他の女房達からも煙たがられているの？」

「そんな可愛いものじゃなくて、めちゃくちゃに嫌われていますよ。自分より身分の低い下臈や女官達の行動に目を光らせて、なにか失敗を見つけてやろうと虎視眈々と狙っているんですから。みなあの娘とは目をあわせないように逃げ回っているという話です。あまりの根性の悪さに、同僚の中臈達も毛嫌いして近づかないと評判です」

　ここぞとばかりに千草は、微塵の遠慮もない罵詈雑言を繰り出しはじめる。

　ある程度は予想通りだったが、右近の人柄の悪さはよく伝わった。

「千草もなにか意地悪をされたことがあるの？」

　身分上は、一応千草も下臈である。

「あるわけないじゃないですか。あんな小娘がなにか言ってきたらけちょんけちょんに言い返してやりますよ」

「……そうでしょうね」

「とは申しましても、私などは下臈でも姫様の女房ですから、直接的な嫌がらせはないです。でも後宮に仕える職員の、特に女嬬や雑仕女等の女官達はずいぶんと泣かされているようです」

人の文句を言うときの千草は、本当にいきいきとして饒舌だ。それが陰湿な感じにならないのは、ひとえに彼女の陽気で発散型な性質にあるのだろう。

右近はその対極にあると言ってもよかった。

なにか思うことがあるはずなのに、それを素直に口に出さない。ならば黙っていればよいものを、遠回しに形を歪めて伝えようとする。そうでなかったとしても、同じ場にいるだけで嫌な気持ちになってしまうのは、鬱屈して内包された彼女の歪んだ精神が、挙動や言動の節々ににじみだすからなのだろう。

「特に若くて器量のよい下臈や女官は、徹底して標的にされているそうです。分かりやすいといえば分かりやすいですよね」

なるほど。ならば空木はかっこうの標的となるだろう。ほころびはじめた蕾のような可憐な美貌は、数年後には満開の花として男達の評判を取るにちがいなかった。

「訴えを受けて勾当内侍もさいさん注意をしているのですが、しらを切ってやり過ごしているらしいです。なにしろ相手の失敗につけこむので、指摘自体は間違っていないのですよ。ですから勾当内侍の注意も、もう少し言い方に配慮なさいという曖昧なものにならざるをえないそうです」

右近のことを尋ねたとき、いまいち歯切れが悪かった勾当内侍のことを思いだす。

彼女もきっと手を焼いているのだろう。中臈以下の女房、女官の実質上の管理は勾当内侍の管轄だが、あまりに手に負えないようであれば自分が口を出さなくてはいけないのかもしれない。そんなことを考えていた伊子の耳に、千草の一言が飛びこんできた。

「その女官達の失敗も、右近がものを隠したりして仕組んだと評判ですけどね」

「!?」

伊子は息を呑んだ。

もちろん右近が空木を嵌めるために鈐を隠した可能性を思いついたからだ。伊子の聞き取りを受けたさい、右近はなんとも意味深な……いや、もっとあからさまに言うと、空木を犯人だと誘導するような物言いをしていた。

あれはひょっとして、右近の策略だったのだろうか？　だとしたら不覚だった。さすがにそこまでの悪意には気が回らなかった。

だがその一方で、伊子は思う。

たとえ気づいたとしても、はたしてあの場で右近を問い詰める胆力が自分にあったものだろうか？　確証もなかったあの場では、良心の咎めを覚えて出来なかった気がする。

――あなたが采配するのではなく、検非違使に任せたほうが良い。

昼間に聞いた帝の言葉が、やけに説得力を持ってよみがえった。嵩那から報告を受けた公卿達が決めたのである。

朝議の結果、銙の捜索には検非違使が入ることになった。嵩那から報告を受けた公卿達が決めたのである。

それは伊子にとって幸いだったのかもしれない。

おそらく検非違使は、右近と空木を再度調べるだろう。あるいは虫干しをしたという女房達をも調べるかもしれない。それらの調査も、検非違使を入れなければ伊子がやらなければならなかったのだ。

想像しただけで気が重くなる。

「それにしても、やはり烏が持ち去ったのでしょうか？」

気がつくと千草は、いつのまにか右近の悪口を終わらせていた。

「どうかしらね……」

そうだったらいいけど、という言葉は呑みこんだ。そんなことを言えば、なんとどやしたてられるか分からなかったからだ。

烏の仕業というのは、ほとんど銙が見つからないことを意味している。

そうなればおそらく伊子にも責任問題はかかってくる。それが職を辞するという形で求められるのだとしたらしかたがない——。

（本当に、そうなの？）

どうにも納得できない気がした。

もちろん辞めたくないという単純な願望はある。宮仕えというものは緊張感を強いられはするが、それ以上にやりがいを覚えているからだ。

だがそんな自分の願望のためだけではなく、それはなにかがちがうという反発を伊子は消せなかった。

大殿油の灯心が、じりじりと音をたてた。

もうこんな時間、などと言いながら、かたわらで千草が腰を浮かした。

「そろそろ、寝所の準備を致しますね」

そう告げて千草は、几帳の陰に引っこんでいった。

伊子は深く息を吐いた。とんでもなく長い一日が、ようやく終わろうとしていた。

翌日。勤めを終えた伊子は、承香殿に戻るべく千草を従えて渡殿を歩いていた。

つるべ落としと呼ばれる秋の日暮れは早く、先ほどまで西側に朱色を残していた空はすっかり夜の藍色に塗りかえられていた。

ぱたぱたと足音が聞こえてきて、見ると前方から嵩那が早足で近づいてきている。軒端に吊るされた燈籠の明かりが、親王色である深紫の袍を柔らかな色に映しだしていた。

「大君。ちょうどよかった」

伊子の姿を目に留めるなり、嵩那は立ち止まった。

「宮様？　どうかなさいましたか」

「あちらです」

そう言って嵩那は、自分が来た方角を指差した。彼の背のむこうには、麗景殿や梨壺等の東側の殿舎が濃い影を作って浮かび上がっている。

小走りで近づいた伊子と千草に、嵩那は声をひそめた。

「いま通りかかったところなのですが、梨壺のほうで女房がひどく叱られているようなのです」

「え？」

「ちらりと耳にしたかぎりですが、あまりにも容赦がないので見兼ねてしまって。さりとて女同士のことですので、私が口を出すよりは勾当内侍に取り成してもらおうと思ってきたのですが」

「喧嘩ですか？」

千草の問いに嵩那は首を横に振った。

「いや。それなら私でも仲裁に入れる。どうも説教をしているようなのだ。されどそれがあまりにも一方的というか、手厳しいというか――」

最後まで聞かずに、伊子は嵩那の横をすり抜けるようにして先を進んだ。千草がなにか言ったようだが足を止めなかった。麗景殿を抜けて梨壺の簀子にあがったところで、燈籠の下で項垂れる若い下臈の存在に気がついた。

（やっぱり……）

その正面に、まるで彼女を威圧するように立っていたのは右近だった。

予感的中というか、昨日千草から聞いたとおりの光景だ。二人とも伊子の存在に気づいていないようで、そのうち下臈がわっと顔をおおって泣き出した。

「泣けばいいと思っているの？」

冷ややかな右近の声に、下臈はひくっと喉を鳴らして顔をあげた。しかし自分にむけられた冷たい視線に恐れをなしたかのように、あわてて顔を伏せる。

「そりゃあ大輔様も少納言様も、その顔で泣けばなんでも許してくださるのでしょう。もちろんお前がお二人共に通じていることも、優しく許してくださるでしょうね」

右近の言葉に、え？　と千草が若干引いたような声をあげた。

確かにその下臈は、とても可愛らしい顔をしていた。これなら言い寄る男には事欠かないだろう。それにしても大夫（五位の者）を二人も通わせるとは、若いのになかなかの手管の持ち主である。

「そういえば藤大輔が、近頃恋人ができたと言っていたような……」

たじろぎつつ嵩那が言った。大輔は八省における次官である。いま嵩那が口にした藤大輔とは、式部卿の次官のことで彼の部下になる。もちろん大輔は他にも複数人いるから、二股をかけられている者が嵩那の部下かどうかは分からない。

それはともかくとして、右近の物言いは噂通り底意地が悪い。大夫のどちらかが右近の恋人とでもいうのならまだ分かるが、おそらくそんなことはない。そうだとしたらあんな遠回しな嫌味ではなく、横っ面をひっぱたいている。気性の荒い女なら、髪をわしづかみにするか馬乗りになって殴りかかっているかもしれない。

右近のねちねちとした嫌味は、さらにつづく。

「まことに殿方に色目を使うのに忙しくて、些細な仕事をする時間もないようね」「私は別にかまわないのよ。お前が何人の恋人を持とうと仕事をきちんとするのなら。でもそうじゃないわよね」「残念だけどお前がしくじった仕事は、愛しい大輔様や少納言様が請け負ってくださるわけではないわよ」

等々ねっとりとした物言いを聞いているうちに、どんどん不快さが募ってきた。千草からある程度のことは知らされていたが、これは聞きしに勝るねちっこさである。若い下臈の異性関係も褒められたものではなさそうだが、恋愛はあくまでも個人の問題で第三者が口を挟むことではない。まして子供相手でもないのに、泣くまで叱責するなどあきらかにやりすぎだ。

（よしっ！）

伊子は決意を固めた。中臈と下臈の諍いなど、本来であれば尚侍が口を出すことではない。しかし錡の紛失にかんして右近への疑いが晴れぬ中、彼女の人となりを調べるにはよい機会だ。

伊子は長袴の裾をさばいて一歩前に踏みだした。

「なにを怒っているのですか？」

右近はぎょっとしたようにこちらを向いた。

そのそばで、下臈は天からの助けでも得たような顔になる。

「右近。その娘がなにかしたのですか？」

「はい」

開き直りでもしたのか、やけに堂々と右近は応じた。勾当内侍の注意もしらを切ってやり過ごしているという、昨日の千草の言葉を思いだして伊子は身構えた。

ちらりと目をむけると、千草が思いっきり眉をひそめていた。こういうときの彼女は本当に分かりやすい。いっぽう嵩那は女同士ということで遠慮をしたのか、こちらまでは来ないで、少し離れた渡殿の柱に身を潜めていた。

それでよい。右近の本性を知りたいという目的を考えれば、嵩那にはいてもらっては困る。あのような美男子を前にしては、たいていの女は猫をかぶって引き下がってしまうからだ。女同士の争いの前では、男は邪魔な存在でしかないのだ。

伊子は右近から、下臈のほうに視線を移した。

「ずいぶんとひどく叱責されていたようですが、何事ですか？」

「ええ、実はこの者が——」

「あなたには訊いていません」

ぴしゃりと伊子が言うと、右近はたちまち鼻白んだ。

下臈の娘は涙の跡が残る顔を伊子にむけた。ちんまりとした目鼻立ちの、実に可憐な娘だった。なるほど、これなら右近に目の仇にされるであろう。

「なにがあったのか、お話しなさい」

できるだけ感情を込めないように伊子は努めた。冷たい口調では萎縮してしまうだろうし、かといって変に優しく尋ねては右近に対して平等性を欠く。

　下臈はおどおどしつつ、右近のほうをちらりと見る。対して右近はふて腐れたままそっぽをむいていた。

「燈籠の火を入れ忘れてしまったのです」

「それで？」

「それだけです」

「はい？」

　聞き違えたのかと思ったが、下臈はそれ以上なにか言う気配がない。ふたたび目をむけると、右近は少々悪びれながら答えた。

「この者は左方の殿舎に火を入れる当番を、本日担っておりました。此方には皆様が直盧としてお使いになられる殿舎がございます。足元を照らす明かりは重要なもの。高貴な方々がお怪我などなされては一大事。だというのに殿方との文のやりとりに夢中になり、火を入れることを怠っていたのです」

　言っているうちに自分の正当性を認識しだしたのか、いつしかその口調は堂々としたものにと変わっていっていた。

　確かに理はある言い分だが、普通に考えて説教と嫌味の度が過ぎる。

しかもよく見れば、隣の北舎は暗いままだ。察するにこの場だけは叱責を受けてあわてて火を入れたが、右近の長い説教で足止めを食らって動けないというところだろう。この調子では、その先の桐壺も同様にちがいない。だとすれば本末転倒もよいところだ。

内心でため息をつくと、伊子は下臈にむかって言った。

「ならば今後は気をつけなさい。そしていますぐ桐壺まで火を入れてきなさい。そろそろ今宵の宿直の方がお入りになるでしょう。皆様の足元が暗くなっては危険ですから」

けっこうな当てこすりに、右近ははっきりと顔色を変えた。対して下臈は天の助けとばかりに顔を輝かせる。

「はい。行って参ります」

晴れ晴れと言うと、下臈は逃げるように足早に立ち去ってしまった。

残された右近は悔しげに唇をきゅっと結ぶと、無言で踵を返しかけた。その彼女を伊子は呼び止めた。

振り返った右近の目が、はっきりとした不服の色を成す。職員、すなわち直属の女房から、このような反抗的な態度を取られたのははじめてだった。

さすがに動揺したが、そこは平静を装って伊子は告げた。

「職務熱心なのはけっこうですが、なにが重要なのかを考えなさい。消すべき火を忘れていたというのなら、火事の危険もあるゆえ厳しい叱責は必要です。なれど逆であればそこまで大仰に騒ぎ立てる必要はありません」

「お言葉ですが――」

間髪を容れずに右近は言い返してきた。

「あの下臈は素行にかんして非常に問題があります。御所に勤める女房としてふさわしい品格とは思えませぬ」

「それは個人の問題です。あなたが気にすることではありません。もし大輔か少納言のどちらかがあなたの恋人とでもいうのなら、浮気をした男のほうを引っぱたいてやればよいのです」

二人の大夫のことを口にすると、右近ははっきりと青ざめた。おおかた彼らの名をあげて、下臈の身持ちの悪さを具体的に告げ口しようとでも考えていたのだろう。それを先に言われて、色を失ったというところか。

右近は顔を伏せたまま、こぶしをぶるっと震わせた。そのまま搾り出したような声で言った。

「恋人など、さような者がいるはずないではありませぬか」

そりゃあその性格では厳しいでしょう――とはさすがに言えない。

返事をしないでいる伊子に、右近は伏せていた顔をあげた。うってかわって紅潮した頬(ほお)から、感情の昂(たかぶ)りが見てとれた。

「私のような醜(みにく)い女子(おなご)に言い寄る男など、現世にはおりませぬ」

「？」

右近が口にした言葉の意味が、伊子はすぐには分からなかった。最初はこちらを煙にまくために言っているのかと思ったが、表情からしてどうも本気のようだ。

だが客観的に見て、右近は別に醜女(しこめ)ではない。美人ではなくても人並みだ。

「醜いだなんて、別にそのようなことは……」

「白々しい！」

上官に対するものとは思えぬ荒々しい口調に、伊子は驚きに目を見開いた。

「ちょ――」

見兼ねた千草がなにか言いかけたが、伊子は目配せをして乳姉妹(ちきょうだい)の言動を封じた。燈籠(とうろう)の光に照らされた右近の顔が、まるで泣きだす寸前の子供のように見えたからだ。

いま刺激してはならない――本能的に伊子は思った。

やがて右近は、こみあげる感情を堪(こら)えるようにぐっと唇を結んだ。そして息を吐くのと同時に、従来の悪意に満ちた表情を取りもどして言った。

「慰めてもらわずともけっこうです。だって尚侍の君のようなお美しい方になにを言われても、おためごかしにしか聞こえませんもの」


右近の生い立ちを伊子が聞いたのは、夜も更けてのことだった。

千草が他の女房達に尋ねまわってくれたのだが、なんといっても嫌われ者なので、友人らしい女房は一人もおらず、かなり苦労したようである。

その千草を待つ間、伊子は嵩那に、鎊の紛失の件で右近と空木から聞き取りをしたことを話した。そのうえで当初は二人とも関与していないと思ったが、右近の悪評を聞いて彼女を疑ったこと。それを探るつもりで先ほどの対峙となったのだが、思いがけない反撃にあったこと等々を事細かく語ったのだった。

「なるほど」

御簾のむこうで、嵩那は納得したようにうなずいた。

「さように悪評な女房であれば、空木というその女孺を嵌めようとした可能性も考えられますね」

「あくまでも噂です。目下の者達をあげつらうために、右近が謀をしたという確かな証はございませぬ」

一度は真に受けはしたものの、今回の件にかんしてはその噂を疑問に思った。

いくら右近がこれまで意味のない意地悪を重ねていたとしても、姦計を巡らせてまで特定の誰か一人を貶めようとするものだろうか。日頃から空木だけを標的にしていたのなら分かるが、右近は器量の良い目下の者であれば誰でもかまわず攻撃していたという。敢えて空木一人にそんな手の込んだ真似をするとも思えなかった。まして鈴を隠したことが発覚すれば、自分のほうが罪を問われるというのに——。

「ただの嫌がらせで、自分に身を危険にさらしてまで謀をするものでしょうか？」

「そうですね。寵愛を競って妃同士の嫉みあいの結果というのなら、そんなことも聞きますが、右近という者はそのような立場ではありませんしね」

嵩那の言葉に伊子がうなずいたとき、千草が戻ってきた。

なんでも右近の父親は五位の大夫で、現在は山城に国守として赴任しているそうだ。正妻との間に一男三女を成しており、右近は三人姉妹の次女なのだという。

「その姉と妹がたいそう美しいと評判で、二人とも人も羨む良縁に恵まれ、いまでは幸い人としてお過ごしだそうです」

この場合の幸い人とは、高貴な人の愛情を一身に受けている幸運な女人のことだ。

「ええ。男達の間でも評判でしたよ、山城守の娘御のことは」

有名な話だったのか、特に迷うふうもなく嵩那が言った。

「数年前にけっこうな評判となって、男達は競うように彼女達に文を出していました。姉妹のどちらが意中かを話題にして、たがいに牽制しあっていましたね。されど二人姉妹だという噂でしたので、まさか中の君がいたとは存じませんでした」

申しわけなさそうな嵩那の証言に、伊子の胸は痛んだ。

男達も悪意があってしたことではないだろうが、それが本当なら右近はさぞ辛い日々を過ごしていたにちがいない。なにしろ世間にその存在を認めてもらっていなかったということなのだから——。

これまで右近と接してきた中で、伊子が感じたものは圧倒的な悪意だった。

他人を貶めること。人を不幸にすることになによりも喜びを覚える。そんな無意味なことを生きがいにしている人間の性根など、とうてい理解できないものだと思っていた。

だが梨壺でのあの表情を見たとき、伊子ははじめて右近に共感することができた。

なぜならあれは、人ならば誰でも一度は経験がある、やり場のない怒りが悲しみとなって表れた顔だったからだ。

おそらく右近は鬱屈した自分の心の内を、目下の美しい娘達にぶつけることで晴らしていたのだろう。それが美貌の姉妹に対する八つ当たりだとしたら、あまりにも幼稚すぎる動機はとうてい許容できることではない。

だがそうすることでしか自分の心を保つことができなかった、右近の苦しみは理解できる気がした。

「なるほど。それで姫様に、あんなことを言ったのですね」

納得したように千草は言うが、伊子はどう答えようもなかった。

――尚侍の君のようなお美しい方になにを言われても。

正直、複雑だった。

面映い、気恥ずかしいという類の素直な思いだけではない。

伊子も自分のことを不美人とは思っていないし、若い頃はそれなりの自負もあった。

しかしある程度の年齢になってくると〝でも〟という考えが先にきてしまうようになってしまっていたからだ。

でも、若くない。

そんな、どこか斜に構えた複雑な感情が存在していた。

以前に嵩那が、若さと美しさは同じものではないと言った。

そのときは感銘を受けたし、本当の美しさとはそういうものだと思っている。

　そのいっぽうで、やはり年齢は気になる。嫉妬するというほどではないが、溌剌とした若い娘達の張りのある肌や、きらきらした瞳を眩しく思ってしまう。老いは誰にとっても平等にくるもので、いかなる財や名誉を持ってしてもどうにもならないことだった。

「下臈達への意地悪も、そのせいなんでしょうかね」

　千草の口調は、珍しくしんみりとしたものだった。さすがの彼女も、同性としてなにか思うところがあったのかもしれない。

　伊子達のやりとりを聞いていた嵩那は、解せないというように首を捻る。

「なぜそこまで？　男の目から見ても、けして醜い娘ではないというのに」

「そのような客観的な評価は、あそこまでこじらせると既に役に立たないのですわ」

　自分でも思った以上に、ぴしゃりとした口調になってしまった。

　美醜などもともとひと目を気にして生じた感情であろうに、ひとたび自分が醜いと思いこんでしまうと、いくら周りがそうではないと諭しても鋼のようにその気持ちは揺るがないのだから皮肉なものだ。あるいは右近にとって美しいということは、自分の姉妹よりも美しいことだけを意味するのかもしれない。

　劣等感は人であれば誰でも抱え、それでもなんとか折りあいをつけるものだ。

　しかし右近は幼い頃に抱えこんだそれを、そのまま心に持ちつづけてしまった。年月をかけて堆積させたあげく、誰からも嫌悪される毒虫のごとき臭気を放って彼女の心に巣喰ったかのように在りつづけている。

嵩那はしばし鼻白んだ顔をしていたが、やがてぽつりと言った。

「そこまで心にわだかまりを持つ人間であれば、あまりこちらの常識で考えないほうが良いのかもしれませぬ」

怪訝な顔をする伊子に、嵩那は深くうなずいた。

「自分を大切に思っていない者は、身を滅ぼすような真似を平気でいたすものでございますから」

翌日。検非違使の主導で、すべての女房、女官の持ち物が確認されたが、鎊は見つからなかった。その結果を聞いた伊子は、さすがに右近に対して申しわけなく感じた。ちなみに同様に男性の官吏達にも捜査の手は及んだが、毎日自宅に戻る彼らの持ち物を女官達と同じように調べられるはずがない。

結局これといった確証もないまま、やはり烏が持ち去ったのだろうという結論に至ってしまった。盗難という証拠も拾得という証拠もどちらもないからという、要するに消去法でいちばん安易な決着のつけ方だ。

もちろんそれだけで終わるはずはなく、とうぜんのごとく責任問題は持ち上がった。殿上の間（清涼殿の南廂）で執り行われたその日の朝議は紛糾した。

伊子は女房達の控えどころである『鬼の間』に設置された櫛形窓から、朝臣達のやりとりを見守っていた。殿上の間と鬼の間は隣りあっており、窓からようすがうかがえるようになっている。

「だいたい錡が無くなってすぐに気づいていれば、もっと捜しようもあったはずじゃ！」

ここぞとばかりに声をはりあげたのは右大臣である。感情的な物言いはともかく、指摘の内容は正論である。駒引の日に錡を落としていたのだとしたら、その日のうちに気付いて捜し出し、烏に持ち去られることもなかっただろう。

「落ちつきなされ、右の大臣。そもそも烏のせいと決まったわけではなかろう」

なだめるように言ったのは、伊子の父である左大臣・藤原顕充である。

しかし人望や帝からの信頼という点でなにかと水をあけられている政敵になだめられた右大臣は、かえって興奮してしまったようだ。

「なにを他人事のように仰せなのか。こうなったのも、すべて女房どもの不手際。とうぜん尚侍たる娘御の管理能力が問われてまいりますぞ」

顕充への対抗意識丸出しで、ここぞとばかりにこちらの失策を責めたててくる。

とはいえ右大臣の主張には、伊子も忸怩たるものがあった。せめて鎊がいつから無くなっていたのかだけでも分かっていれば、捜索はもっと効率良く進んだはずだ。この点をきちんと確認していなかったのは、まちがいなく自分の落ち度だ。

頭ごなしに娘を非難された顕充は右大臣をにらみつけた。だがひとつ息を吐くと、気を取り直したように言った。

「その点は娘も重々承知しておる。今後はかようなことが起きぬよう、貴重品の管理や女房達の体制をあらためて検討していると申しておりました」

顕充の答えに、右大臣は大袈裟に肩をすくめてみせた。

「なんとまあ無責任な言いようか。さような小手先だけでごまかしても、紛失した鎊は戻ってまいりませぬぞ」

「小手先とは聞き捨てならぬおっしゃりよう。いかなるおつもりでさような暴言を口になされたのか、真意をお聞かせ願おう」

「申したとおりである。われわれが聞きたいのは、尚侍の君が無くなった鎊をいかようにして取り戻すおつもりなのか、そのお考えじゃ」

「いい加減になさらぬか！」

耐えかねたのか、ついに顕充は声を大きくした。日頃は温厚な父だが、右大臣を相手にするときはしばしば強い口調になる。それもこれも右大臣が、なにかにつけ目の上のたんこぶである顕充に突っかかってくるからだ。

「わが娘に落ち度がないとは申さぬ。されど娘は鈁を盗んだ犯人ではない！　捜索を検非違使に委ねた以上、後宮を束ねる者として娘がやらねばならぬことは、なぜかようなことが起きたのかを検証し、同じことが起きぬように対策を練ることであろう」

誰がどう聞いても正論である顕充の主張に、朝臣達の大半はうなずいていた。もちろん右大臣の言い分にも一理はある。しかし厳しいばかりで諸事情を鑑みない主張に同意してしまっては、自分が失敗をしたときに一切斟酌してもらえなくなる。集団で暮らしているかぎり、それぐらいの計算高さを彼らは持っている。

櫛形窓を通しても伝わってくる緊迫した空気に、伊子の胸は父親に対する申しわけない気持ちでいっぱいになる。

形勢不利を悟ったのか、右大臣は握りしめた笏をふるふる震わせた。

「御託はけっこう！　このまま鈁が見つからなければ、尚侍の君には責任を取って職を退いていただかなければ他の者に示しがつかぬ！」

勢いに任せたかのように右大臣が口にした決定的な言葉に、殿上の間がざわつく。

もちろんそれは十分予想できた内容だったが、一連のやりとりを聞いていた伊子はどうしても納得できなかった。

（こういう場合は、やはり職を辞することが筋なの？）

実際のところ、それは最たる責任の取り方だ。

だがそのときの伊子の胸には、父が言った言葉のほうがすとんと落ちてきたのだ。

——同じことが起きぬように対策を練ることであろう。

もちろん一度失敗した人間に、ふたたび同じことを任せるのは勇気がいる。一度損なわれた信頼は容易には取り戻せない。もしその失敗で損害を受けた者がいたとすれば、顔すら見たくないと思われているかもしれない。損害を受けた者の気持ちを思うなら、より優れた人物に道を譲ることが失敗した者の務めなのかもしれない。

だが、その人間も失敗してしまったらどうするのか？　人間はかならず間違いを犯す生き物だ。さらに優秀な人間を探し、その者が失敗をしたら同じことを繰り返すのか。はたしてそれが本当に、責任を取るということなのだろうか？

どうなのだろう？　どうするべきなのか？

尚侍という仕事への執心とは別に、さまざまな疑問や思いが伊子の中で交錯する。

「――それは主上もお望みかもしれませぬ」

とつぜん殿上の間に響いた声に、伊子は物思いから立ち返った。

声の主は嵩那だった。途中を聞いていなかったので定かではないが、話が大きく変わっていなければ、伊子の辞職について言っているはずだ。

「式部卿宮様？」

朝臣達が訝しげな眼差しをむける。

この皇親の青年は、左右どちらの大臣家にも肩入れしていないにもかかわらず、その人当たりの良さと高貴な立場から双方の信頼を得ていたのだ。

嵩那はきょとんとして自分を見つめる右大臣に、微笑みながら言った。

「もともとの経緯を考えれば、尚侍の君が内侍司を退くことこそ主上のご意向に添うことかもしれませぬ。皆様は尚侍の君の出仕の経緯を覚えておいででしょう」

伊子の懸念と同じことを嵩那は口にした。もっともそれを訊いたとき、帝は肯定をしなかったのだけれど。

いっぽう右大臣は、はじめてその可能性に気付いたように絶句した。わりと頭に血が上りやすい人ではあるが、藤壺女御たる娘のことを考えれば迂闊にもほどがある。

あんのじょう右大臣はしどろもどろになった。

「い、いや……そうは申しましたが」

「しかしいま尚侍の君が退かれては、後宮は大変なことになりますよ」

そう言ったのは左近衛大将だった。ちなみにその後のことを勾当内侍に訊くと、絶賛求愛中で連日のように彼からの文が届いているそうだ。

左近衛大将の発言自体は、顕充や伊子に対する助け舟なのだが、むしろ右大臣のほうが救われたような表情になった。

「女房達から聞きました。尚侍の君は非常にうまく後宮内を采配しておられると。いま彼女に退かれると、後宮の女達は困り果ててしまいますよ」

左近衛大将の言葉に嵩那が同意する。

「さような状況では、出産を終えられた藤壺女御がお戻りになられたとき、たいそう困惑なされるでしょう」

いや、それはないと伊子は突っこんだ。女房達はともかく、少なくとも桐子はそんなことは考えもしないだろう。むしろ虫の好かない伊子がいなくなれば、せいせいしたとぐらいに思うにちがいない。それぐらいのことは嵩那も分かっているだろうに、彼はどこまでも白々しくふるまう。

「右の大臣。お腹立ちもおありでしょうが、ここは御姫君のためにもしばし様子をご覧になられたほうが宜(よろ)しいかと存じますが」

なだめるように嵩那が言うと、右大臣はぎこちなくうなずいた。

「な、なるほど。確かに女御のことを考えればさようでもありましょうな」

恩着せがましく右大臣は言う。なんとか面子(めんつ)を保ったまま引くことができたようだ。

列席していた朝臣達はいっせいに胸をなでおろした。その中で顕充はまだ少しむっとしていたようだが、それでも場を収めてくれた嵩那と左近衛大将に、礼をするように軽く会(え)釈(しゃく)をしていた。

それから幾日か過ぎた、八日の昼下がり。

伊子が台盤所(だいばんどころ)で勾当内侍と話をしていると、一人の女房が飛びこんできた。

「大変です、勾当内侍様。茱萸嚢(しゅゆのう)が——」

最後まで言い終わらないうちに、女房は伊子の姿を見て声を静めた。

「し、失礼いたしました……」

「なんですか、騒々しい」

言葉ほどには厳しくなく、勾当内侍がたしなめた。

「申しわけございません。後涼殿に保管していた茱萸嚢が無くなっていました」

「はい?」

伊子と勾当内侍、そして千草の三人は同時に声をあげた。

「え、茱萸嚢って重陽に使う?」

「そうです。明日のために準備をしていたものが、葛籠ごと無くなっていました」

「なにごとですか、それは?」

勾当内侍は訳のわからぬ顔をしている。伊子もまったく同じ気持ちだった。

盗難だとしたら、ずいぶんとみみっちい話である。というか、あんなものをわざわざ盗む人間がいるとは思えない。中の呉茱萸は生薬として多少の価値はあるが、錦の袋を使っているわけでもなく盗むほどのものとは思えない。

「どこかに置き忘れたとか、別の場所に片付けているとかではないのですか?」

「それが誰も存ぜぬと。今朝納殿にあったことまでは確認しているのですが……」

勾当内侍と女房のやり取りに、伊子は気難しい表情で口許に手を当てた。

茱萸嚢自体は別に貴重品でもなく、いくらでも作り直せるものだ。いまから急いで作業をすれば、明日の重陽には間にあうだろう。

しかし事態があまりにも面妖だ。誰が好き好んで、あんなものを持っていくのか。まして鋙が無くなるという事件が起きて何日も経っていないのに、またもや後宮から物が紛失した。こうなると両方の事件に、なにか関連があるのではと考えてしまう。

「姫様。もしかして鋙は、茱萸嚢の中に隠されていたとか？」

伊子の胸中を代弁するように、千草が言った。

すると勾当内侍が、まさかとばかりに首を横に振る。

「されど茱萸嚢は、鋙が無くなった朔日には、まだ仕上がっておりませんでした」

朔日に作る予定だった茱萸嚢は、鋙の紛失騒動で手をつけることができず、結局仕上がったのは四日となった。

前日の三日は検非違使の捜索が入った日でもあり、そのとき女房達の私物は徹底して調べられた。仮に茱萸嚢に鋙が隠されていたとしたら、犯人は検非違使の捜索から隠しおおせた物をわざわざ移し変えたことになる。鋙の紛失によりひと目がいっそう厳しくなった御所で、それはあまりにも危険過ぎる行為だ。

だがそのいっぽうで頻繁に保管場所を変えることは、物を隠し通すために理のある行動でもある。なんらかの形で検非違使の捜査を乗り切った犯人は、盗んだ鋙を茱萸嚢に隠し、ほとぼりが覚めたいまになって持ち去ったということも考えられる。

「尚侍の君、いかがいたしましょう?」

勾当内侍の問いに、伊子は即答できなかった。

二つの事案に関連がなければ、茱萸嚢の紛失などさして大きなことでもない。もしかしたら誰かが別の場所に片付けているかもしれない。あるいは勾当内侍が尚鳴にさせたように、誰かが個人のものと間違えて自宅に持ち帰らせてしまった可能性もある。せめてそこを確認してから、検非違使には報告すべきではないか。

しかし茱萸嚢に鋳が隠されていたとしたら、事は一刻を争う。少なくとも今朝までは存在していたのだから、犯行が行われたのはほんの数刻前ということになる。楽天的に考えたあげくに取り逃がすより、大袈裟なぐらいに万全を期したほうがよい。

「……に」

最初伊子の声は、勾当内侍達にはよく聞こえなかったようだ。二人は同時に怪訝そうな顔をむけた。

「はい?」

「私の弟の実顕……検非違使別当にこの件を伝えてください」

おりよく出仕をしていた実顕の指示により、ただちに大規模な捜索が始まった。厨子や櫃の中だけではなく床下までも調べあげる大騒動は、もちろん茱萸嚢ではなく鎊を捜すためである。

検非違使や内舎人達が捜索をしている間、伊子は実顕から細々とした事情を訊かれることとなった。

「姉上がおっしゃるとおり茱萸嚢のどれかに鎊が隠されていたとしたら、なぜ犯人は葛籠ごとすべての袋を持ち去ったのでしょう。そんなことをすればすぐに発覚して、騒ぎになることは分かるでしょうに。それよりも鎊を隠していた袋のみを持ち去れば、明日の重陽まで誰も気づかない可能性は高いですよね」

御簾のむこうの簀子で、実顕はしきりに首を捻っている。一応廂に上がるように勧めはしたが、いつ部下から報告があるか分からないのでと断られたのだ。

七歳下の同母弟は、三年前に結婚をしてから妻の実家で長男と暮らしている。そのためしばらく疎遠になっていたが、伊子の出仕を機にふたたび顔をあわせるようになった。

「一応言っておきますけど、鎊が茱萸嚢の中にあるかもというのはあくまでも私の仮定ですから」

そう前置きをしてから伊子は告げた。

「確かにあなたの言うとおりです。されど複数ある茱萸嚢のどれに隠してしまったのかが分からなくなっていたとしたら、納殿でひとつひとつ中を確認することは犯人にとって危険な行為でしょう」

「なるほど。それでひとまず葛籠ごと持っていったと……」

「ええ。葛籠であれば、抱えてうろついていても誰も疑いませんから」

しかも件の葛籠は蓋付きのもので、日常的に使われる一抱え程度の大きさのものであったのだという。中身を怪しまれずに持ち運ぶには最適の品である。

実顕は低くうなった。もちろんそれは異があってのものではなく、実姉の推察に納得したゆえの反応だった。

昔から素直で物分かりの良い弟だが、検非違使としてはちと物足りない。

同じことを思ったのか、千草が頰を膨らませた。

「もう、夕麿様。感心ばかりしていないで、少しは疑ってくださいよ」

夕麿というのは、実顕の幼名だ。もともと姉の伊子より遠慮のなかった千草は、実顕が元服を終えたいまでも容赦がなかった。

「いや、姉上の推測は筋が通っているから、別に疑わずとも……」

「なにを生ぬるいことを。鋳が茱萸嚢の中にあるかどうかは、あくまでも仮定ですよ。検非違使庁の長官ともあれば、人を見たら盗っ人。話を聞いたら詐欺ぐらいには疑ってかかってくださいよ」

千草はどやしつけるが、それはいくらなんでも極論だろうと内心で伊子は思った。

幼い頃から発破をかけられつづけてきた家人相手に、実顕は怒るどころかしょんぼりとして言う。

「されど私とて、女人の荷物を男に漁らせるなどさせたくはないよ」

真っ当な意見だが、やはりこの子は検非違使別当にはむいていなさそうだ。人当たりもよく社交的ではあるのだが、昔から鬼ごっこや雀弓で遊ぶよりも韻塞ぎや書物を読むことを好む少年だった。

そのとき壺庭から「別当様」と呼ぶ声が聞こえた。実顕は半身をねじり、伊子は御簾に顔を近づけるようにして庭を見た。

緑の袍を着た官吏が息を切らしながら近づいてきた。

「茱萸嚢が見つかりました！」

伊子も実顕も同時に腰を浮かした。そのまま実顕は端までいざりより、高欄から身を乗り出した。

「どこにあった？」

「はい。曹司町の、女房の局で見つかりました」

ひやりと冷たいものが背筋を抜けていった。顔を強張らせる伊子を、千草が心配そうに見つめた。

「なんと申すものか？」

名を聞いたところでどうせ誰だか分からぬであろうに、実顕は律儀に確認をした。

どくどくと高鳴る自らの鼓動を感じながら、伊子は官吏の口から出る言葉に耳を澄ませた。

「山城守の娘で、右近と申す女房でございます」

「私はなにも存じませぬ」

伊子達が簀子に上がってすぐ、中から右近の声が聞こえてきた。

捜索のためにそうしたのだろう。曹司町の御簾は上げられており、簀子からはそれぞれの局が見渡せるようになっていた。

その一角で右近は、検非違使と思しき男と向きあって立っていた。彼らの足元には、話に聞いたとおり一抱えほどの大きさの葛籠と口が開かれた赤い袋。中身をぶちまけたらしく、床には呉茱萸が散らばっている。

几帳や衝立を隔てた周りでは、唐衣裳姿の女房達が人垣を作ってこそこそと囁く。

「ほら、やっぱりあの娘だった」

「きっと空木を嵌めるためにやったのよ」

「確かにあの女孺、可愛いものね」

「でも、ここまでやる？」

「さすがにここまで根性が曲がっているとは思わなかったわ」

それは簀子にいる伊子達の耳にも、はっきりと届くほどの声量だった。ならば中心にいる右近や検非違使の耳にもまちがいなく聞こえているはずだ。

この場で本人が否定しているにもかかわらず、誰一人ためらうことなく右近の犯行だと決めつけている。目下の者達からだけではなく同僚からも嫌われているという評判は、本当の話だったようだ。

曹司町にいる者達は全員、伊子達が来たことに気づく気配はない。いちはやく中に踏みこもうとした実顕を、伊子は引き止めた。

「少し様子を見てみましょう」

実顕は困惑した面持ちこそ浮かべはしたが、これまで姉がいくつもの事件を解決した経緯を知っているためか素直に従った。

検非違使と右近は、なおも激しいやり取りをつづけている。

「存ぜぬということはなかろう。現にそなたの局から葛籠は見つかったのだぞ」

「されどそちらが本命としてお捜しである鎊は、これらの茱萸嚢の中からは見つからなかったではありませぬか」

「確かにここから、鎊は見つからなかった。されど女房達の話によると、茱萸嚢は予備の分も含め、二十用意されていたというではないか。にもかかわらずこの葛籠には十九しかなかった。これはどう説明するつもりじゃ」

これら一連の証言は、伊子達も報告に来た官吏からすでに聞かされていた。

残念ながら推察は外れ、茱萸嚢から鎊は見つからなかった。しかし総数がひとつ足らなかったので、完全に疑いは晴れていない。だからこそ検非違使の、この高圧的な態度なのだろう。

対して右近のほうもまったく負けていなかった。

「ですから先ほどから申しておりますでしょう。私はいまのこの瞬間まで、葛籠が自分の局にあることすら知りませんでした。ゆえに二十であろうと三十であろうと、茱萸嚢の数など認識しておりません」

理は右近にあった。彼女が葛籠を持ち出したのではないのなら、茱萸嚢の数など認識していなくてあたりまえだ。そもそも錺が入ってもいない十九の袋を自分の局に留めておく必要がない。

要するにこの状況だけで、右近が錺を盗んだ犯人とすることは無理があるのだ。

「では、なぜそなたの局にこの葛籠があったのじゃ？」

「さようなことは歴然としておりましょう。きっと何者かが、私を嵌めるために仕組んだにちがいありません」

「へえ、自分が人から嵌められるかもしれない人間だというのは認めているんですね」

皮肉気に千草が言い、勾当内侍（こうとうのないし）が苦虫（にがむし）を嚙（か）み潰したような顔をした。

つまり右近は、自分の悪行に自覚があるというわけだ。そのうえで他人への意地悪を止めないその精神構造が、伊子には理解できなかった。

それにしてもふてぶてしいというか、たいした度胸だと変なところで感心もする。

嵌めるなどと不穏な言葉をなんの躊躇（ちゅうちょ）もなく口にした点も含め、威圧的な検非違使にひるむことなく冷静に応戦している。場合が場合だから必死なのだろうが、若い女がこれはなかなかの胆力（たんりょく）ではないか。考えてみれば伊子と対峙（たいじ）したときも、隙（すき）あらば空木を嵌めてやろうという魂胆（こんたん）がみえみえのふてぶてしさ満載な態度だった。

「嵌めるだと？　いったい何者がさような真似をいたすというのじゃ。だいたいそなたは人から恨まれる心当たりでもあるのか？」

「いいえ。とんと心当たりがございませぬ」

白々しく答えた右近に、検非違使は憤怒の形相になる。

「いい加減にいたせ！」

あたりを震わせるような怒声が響いた。

「まったくどこまで心根の曲がった女子なのか！　そなたが目下の者達を虐げていることは、皆の知るところじゃぞ！」

なんだ、知っていたのか。伊子は拍子抜けした気持ちになった。

そういえばここに着いたとき、女房達が聞こえよがしに右近の悪行を連ねていた。あれを耳にしたのなら、ある程度の評判や素行は想像がつくだろう。そうでなかったとしても検非違使なのだから、一連の事件をきっかけに色々と調査はしていたかもしれない。

とはいえ伊子は、検非違使のこの発言には不快を覚えた。

右近が空木をはじめとした目下の者を虐げていることは事実で、それを証拠として口にすることはしかたがない。しかし心根が曲がっているというのは個人攻撃でしかない。右近の性根がどれだけ捻れ曲がっていようと、実害を受けていない人間が人から聞いただけでそれを口にするのは横暴である。

そもそも右近が銙を盗んだという確かな証拠はないのに、この検非違使は悪評を聞いただけで彼女を犯人と決めつけている節がある。

さすがにこれは放っておけない。そう考えて仲裁（ちゅうさい）に入ろうとした矢先だった。

「そういえば、心当たりがひとつございました」

やけに弾んだ声に、伊子は虚を衝（つ）かれる。

してやったりと言わんばかりの笑みを浮かべる右近に、検非違使は眉（まゆ）を吊り上げる。

「なに!?」

「女嬬の空木です。あの者は私に告発されて、一時（いっとき）とはいえ銙を盗んだとされてしまいましたから、とうぜん恨んでいるでしょう」

女房達がざわつきはじめ、検非違使は傍（かたわ）らにいた同僚と目を見合わせる。

右近はひそやかな勝利に酔いしれるように、うっすらとほくそ笑んでいる。

伊子の背筋を、冷たいものが走った。

——自分を大切に思っていない者は、身を滅ぼすような真似を平気でする。

おのれが窮地（きゅうち）に立っているこの状況でも、空木に対する理不尽でしかない憎悪を消すことがない右近の精神のありように、伊子は恐怖すら覚えた。

同時に理論では抑えられない感情が、圧倒的な力で思考を支配した。

——この娘は犯人なのかもしれない。

状況からその可能性は低いと先刻考えたばかりだったにもかかわらず、そんな考えに及んでしまった自分に伊子は立ちすくんだ。

そのとき、目の前をすっと人影が横切った。

実顕だった。

直属の上官の登場に、検非違使は背筋を伸ばした。

「これは、別当——」

「よさぬか。女人(にょにん)相手にさような大声を。周りの女房達もおびえておるぞ」

それまでの緊張の糸がぷつりと切れて、伊子は脱力した。

実弟ながら空気を読まないにもほどがある。彼はここに来たときの女房達のやりとりを聞いていなかったのだろうか？　あの調子であればここにいる女房達は全員、むしろざまぁみろぐらいの気持ちでいるはずなのに。

「夕麿様、あいかわらず女というものが分かっておられませんね」

呆れかえったような千草のぼやきに、横で勾当内侍がうなずく。

伊子は額を押さえた。一応結婚して三年になるのだから、女を分かっていないこともないはずなのだが。もしかして弟の妻は、よほど浮世離れした清らかな女君なのだろうかとも思った。

実顕は彼らの間に割って入ると、右近にむかって優しく言った。

「脅えずともよい。この状況からそなたが錡を盗んだとはとうてい考えられぬ。さりなれど覚えのない葛籠が局に在ることはやはり面妖ゆえ、少々話を聞かせてもらいたい」

どこまでも丁寧な実顕の物言いに、伊子は憑き物が落ちたような気持ちになった。同時に一瞬とはいえ冷静さを失い、感情のみで右近を犯人だと疑った自分を恥じた。

見ると右近は、完全に毒気を抜かれたような表情を浮かべている。

こんな顔もできるのかと、単純に伊子は驚いた。これまでは身体の内側にみなぎる悪意が面の皮一枚を隔ててにじみでたような顔しか見たことがなかった。

「頼めるか？」

「……わ、分かりました」

実顕の要請に、ぎこちなく右近は答えた。

それまで曹司町に漲っていた空気があきらかに変わった。

その光景を呆然と見つめる伊子の背後で、千草と勾当内侍がこそこそと話していた。

「しかし検非違使達も、遠慮なくぶちまけてくれたものですね。あの茱萸嚢、作り直さないと駄目なんじゃないですかね」

「そうですね。このような謂れがついてしまったのですから、いっそ全部作り直したほうがよいかもしれませぬ。明日までなら間にあいますし」

「二十個全部作り直すのですか？」

「いえ、もう取り替える実数分だけで良いかと――」

こんなときになにを話しているのかとも思えるが、現実問題として明日の重陽に茱萸嚢は必要である。人間の営みとは、三日後にこの世が終わると聞かされても、二日分の食事の準備が必要なものなのだ。

はじめはそのやりとりを聞き流していた伊子だが、最後の勾当内侍の言葉にはっと思考をつかまれる。

――取り替える実数分。

滞っていた思考が、堰を切ったようにすっと流れはじめた。

がばっと振り返った伊子に、こそこそと小声で語りあっていた千草達はぎょっとした顔をする。注意されるとでも思ったのか、二人の表情は気まずげだった。

その彼女達に詰め寄るようにして伊子は言った。

「女房、女官達全員に伝えてちょうだい」

「はい？」

「明日の重陽の設(しつら)えは私どもではなく、掃部寮(かむもりのつかさ)の男君達にお願いすることにします」

翌日の重陽の朝。清涼殿の格子(こうし)はいつもより早めに上がった。

伊子は少し前に台盤所(だいばんどころ)に入り、千草とともに待機していた。

夜居の女房はすでに下がらせている。開大門鼓(かいだいもんこ)が打たれるまでまだ間があるから、寝入っている者もいるかもしれない。かくいう伊子もいつもよりずいぶん早く起きたので、座したままうつらうつらしてしまっていた。

「姫様、来ました」

ささやき声に、伊子はびくっと肩を揺らす。見ると千草が、御簾(みす)に顔を貼り付けるようにして外をのぞいていた。一気に目を覚ました伊子は音を立てないように立ちあがり、わずかに開けておいた襖障子から隣の朝餉(あさがれい)の間(ま)をのぞきこんだ。

そこから見えた人物の姿に、小さく息を呑(の)む。

「姫様のご推察通りでしたね」

下方から千草がささやいた。いつのまにか彼女も、伊子の足元にしゃがみこんで中のようすをうかがっている。伊子は簀子のほうに目をむけた。御簾を隔てた先にはすでに数人の人影が見える。

準備万端だ。あとは現場をつかむだけである。襖に手をかけたまま、息を殺してその時を待った。

そして、その瞬間が訪れた。

（いまだ！）

大きな襖障子を渾身の力をこめて開く。

そこには仰天してこちらを見る少女――空木がいた。彼女の右手は柱に吊るされた色褪せた薬玉に伸びている。

禁色たる赤の二陪織物の唐衣を着けた上臈の貫禄ある姿に、空木はぽかん口と開いたましばらく物も言えないでいるようだった。

「なにをしているの？」

冷ややかに言ったのは千草だった。彼女は一歩前に進み出ると、まるで伊子をかばうように空木と対峙した。

はじめこそ戸惑いはしたものの、空木はすぐに愛嬌を取り戻して言った。

「いつもと同じです。掃除に……」

「ずいぶんと早いのね。あさぎよめが始まるまで、まだかなりあるわよ」

「早く起きてしまったのです。それで先に簀子の掃除だけでもしようかと来てみたら、御殿の格子が開いていたものですから――」

とうぜんだ。そうするであろうことを見越して、早めに格子を上げさせたのだ。

おおかた昨日の告知が耳に入ってから、居ても立っても居られない夜を過ごしていたのだろう。一刻でも早く朝餉の間に入ろうと、早くから起きだして格子が開くのを待っていたにちがいない。

「室の前に簀子の掃き掃除をしても、二度手間になるだけよ」

皮肉っぽい千草の指摘に、空木は黙りこんだ。

一般的に掃除の手順は、ごみを中から外へと掃きだしてゆく。簀子はとうぜん最後に手をつける場所だ。

短い沈黙のあと、空木は頰を赤らめて照れ笑いを浮かべた。

「そうでしたね。私ったらなにも考えずに――」

肩をすくめ、こめかみのあたりをかくその仕草はまったく悪びれた様子もない。

　拍子抜けしたようになる千草に、どこまでも明るく空木は言う。

「早く格子が上がっていて良かったです。そうでもなければ、うっかり簀子から掃き掃除をはじめてしまうところでした」

「先ほど薬玉を外そうとしていたのも、掃除のためですか？」

　静かに伊子は問うた。心得たように千草は後方に引き下がる。

　ここにきてはじめて口を利いた上臈に、空木は虚を衝かれたようになる。だが少しして彼女は気恥ずかしげに笑った。

「すみません。そういえば重陽の設えは、掃部寮の方々にお任せするのでしたね」

　うっかり忘れていたと言わんばかりに空木は言う。

「私はこの上背ですから、高いところにある作業をよく任されていたので、ついいつものつもりで――」

「ええ。茱萸嚢の付け替えは、背の低い女人達には難しいものと思ったのです。されどあなたであれば大丈夫のようですね」

　あきらかに表情を強張らせる空木を前に、かまわず伊子はつづけた。

「その薬玉が欲しければ持っておいきなさい。昨夜のうちに回収しましたので、あとは煮ようが焼こうがあなたの自由です」

そう言って伊子は、親指と人差し指でつまんだ鋙(か)を顔の前に掲げて見せた。指と鋙の間にできた輪のむこうに、空木の青ざめた顔を見える。

伊子は鋙を下ろした。

「あなたと同じ程度には私も背丈がありますので、取り出すことは容易でした。ならばあなたがこれを入れることも容易だったでしょう」

空木は言い訳の言葉もないまま、呆然(ぼうぜん)と立ちすくんでいる。

図星だったということか。

鋙は茱萸嚢ではなく、朝餉の間の柱に吊るした薬玉の中に隠されていたのだ。

千草と勾当内侍(こうとうのないし)のやりとりからその可能性に気付いた伊子は、すぐに空木を疑った。なぜなら中背(ちゅうぜい)の右近では、この高さには手が届かないからだ。万が一踏み台など持って朝餉の間に入ったのなら誰かしらの目に留まっている。

その推察は、昨夜薬玉から鋙を発見したことで確信に変わった。

なるほど。よい隠し場所を考えたものだと感心もした。乾燥した葉を破損しないためには注意が必要だが、籠(かご)や笊(ざる)とちがって隙間から押しこめば簡単に隠すことができる。しかも重陽の日に自分の長身を理由に薬玉の回収に名乗りをあげれば、誰にも怪しまれずに鋙を取り戻せるではないか。下手(へた)に手元に隠しておくより、そのほうがずっと安全だ。

だからこそ薬玉の回収を掃部寮の男達にやらせると通告すれば、絶対に取り返しにくると踏んだのだ。

「あなたが明日から宿下がりを願い出ていることは確認済みです」

弁明どころか返事すらできないでいる空木に、さらに伊子はつづける。

重陽の宴が終わったあとなので、人手に余裕があるということで簡単に許可は下りたらしい。一昨日までは銙の紛失は烏の仕業だと決めつけられていたので、外出を疑う者もいなかった。そのさいに銙を御所外に持ち出す腹積もりだったにちがいない。

「茱萸嚢が入った葛籠を右近の局に置いたのもあなた――」

伊子が言い終わらないうち、空木はぱっと身をひるがえした。そのまま簀子のほうに走ろうとした空木の前で、音をたてて御簾が跳ねあがる。

「そこまでだ！」

簀子には検非違使を引き連れた実顕が、立ち塞がっていた。彼には昨夜のうちに事情を話して待機してもらっていたのだ。もちろん空木が朝餉の間に入るまでは、姿が見えないように隠れてもらっていた。

「姉上、お見事でございます」

頰を紅潮させて実顕は言った。

へなへなとその場に座りこんだ空木は、あっという間に縄をかけられた。

次第が落ちついてから、あらためて伊子は尋ねた。

「あなたが銙を盗んだのは、朔日の朝ですね」

憔悴しきった空木はすぐに答えなかったが、検非違使が綱を引くとしぶしぶ首肯した。

つまり先月晦日の虫干しのときには、石帯は無事だったのだ。

だが漫然と作業を行っていたために確信ができず、おそらく異常はなかったと思いながらも、もしかしたらの疑念を否定できなかった。そのため犯行の日にちが特定できずに捜査が行き詰まり、烏が持っていったのだろうという楽な結論に逃げてしまったのだ。

失態はそれだけではない。

事件当日、右近は空木が朝餉の間にいたことを証言した。

空木はそれを肯定し、しかも右近の存在を認識していたと言った。だから伊子は空木が犯人ではないと思いこんでしまった。右近の目があるのを承知した上で盗みを働くはずがないと思ったからだ。

だが、そうではなかった。

おそらく空木は、右近の目に留まる前にすでに盗みを働いていたのだ。

朔日の朝、犯行を終えた空木は銙を持って朝餉の間を出た。しかしその現場を右近に見咎(とが)められてしまった。このままでは銙が無くなったことが発覚したとき、まちがいなく自分の犯行だとばれてしまう。

そこで空木は素知らぬふりで朝餉の間に戻り、とっさに薬玉に銙を隠した。背の高い彼女であれば瞬時にできることだった。そしてわざと唐櫃(からびつ)を開けているところに、首尾(しゅび)よく誘導された右近がやってきたというわけだ。

とうぜんながら右近は、空木がいままさに銙を盗んだところだと思いこんだ。そうすることで犯行時間のずれが工作され、事件発覚直後の捜査は空木の身体検査が中心となってしまったのだ。

こうやってひとつひとつ考えると、つくづく自分の思いこみが悔(く)やまれる。

空木の犯行はけっして用意周到なものではなく、銙を隠した場所も場当たり的な思いつきにすぎなかったというのに。

しかしそんな浅はかな空木の行動の中で、伊子にはどうしても解せないことがあった。茱萸嚢(しゅゆのう)を動かすことで、右近に罪を着せようとしたことだ。

そもそも昨日の段階で空木はほとんど疑われていなかった。自分の保身だけを考えたのなら、そんなことをする必要はなかったはずだ。

にもかかわらず、空木は右近に疑いの目をむけようとした。盗んだ二十個の茱萸嚢から一つを抜き取り、十九個を右近の局に置き去るという意味深な小細工(こざいく)をしてまで。ちなみに厨(くりや)の竈(かまど)の中から、茱萸嚢と同じ柄の燃えかすが見つかったのは昨夜遅くのことだった。必然性のないこの工作が、結果的に空木の足をすくう結果になってしまった。

他に動機が考えつかず、まさかと思いながらも伊子は問うた。

「茱萸嚢を使って右近に罪を着せようとしたのは、報復ですか？」

「あたりまえだろ」

それまで口を利(き)かなかった空木が、ここにきてひどく投げやりに返した。粗野な言葉遣いもだが、口ぶりも話をするのさえ面倒くさいといった乱暴さだ。

「このアマッ、尚侍(ないしのかみ)になんて口を――」

検非違使が打ち据えようと棒を振り上げたが、伊子はそれを止めた。

その対応に空木はふんと鼻先で笑った。

「あたしとしたことが、まったく馬鹿な真似(まね)をしたもんだ。明日予定通り素直に御所を出てりゃ、その筋に頼んでお宝をていよく売りさばけたっていうのに。ついでにあのクソ女に天誅(てんちゅう)を加えてやろうなんて、柄(がら)にもなく思ったのがまずかったね」

八重桜(やえざくら)のように華やかで清楚(せいそ)な美少女が、まるで別人のような豹変(ひょうへん)振りだ。

しかし伊子は乱暴な言葉遣いより、まるで義賊(ぎぞく)気取りの言い草のほうが不愉快だった。

空木が銙を盗んだのは単に私欲を満たすためで、ここで右近への怨恨を理由にあげるなど自己正当化も甚だしい。

だが結果としてその行為が空木を自滅させたのだから、ここでそれを指摘する必要はないだろう。それよりもいまは真相解明のために、彼女に話をさせることが優先だ。

伊子がなにも言わないので開き直ったのか、あるいは虚勢を張っているのか、空木はやけに上機嫌で話をつづける。

「でも別に、あたしだけじゃないよ。あの女に目をつけられた娘は、みなひどくいびられているから、呪い殺してやりたい、ぐらいには思っているよ。だからあたしがしたことに腹の中では快哉をあげていると思うよ」

そうかもしれないと伊子は思った。

梨壺での下臈に対する振る舞いはもちろん、曹司町での女房達の言動からも、右近が周りから毛嫌いされていたことは歴然としている。その彼女達のほとんどが、空木よりも右近のほうに御所を去って欲しいと望んでいるのだろう。

言うだけ言ってせいせいしたのか、検非違使に連行される空木は不思議なほど胸を張っているように見えた。まるで仁俠の徒のようなそのふるまいを、伊子はなんとも後味の悪い思いで見つめるしかなかった。

澄みきった秋晴れの空の下、御所の庭には伶人達の奏でる冴え冴えとした管弦の音が鳴り響いていた。

暑くもなく寒くもない、重陽の宴にふさわしい心地よい日和であった。

植込みの家菊（栽培菊）はいまが盛りで、白に黄、赤紫に薄紅等々、色取り取りの花弁を鮮やかにほころばせている。

ほろ酔い気分の朝臣達の話題は、今朝の大捕り物一色であった。

「それにしても良うございましたな。錡が戻ってきて」

「私はその者を存じませぬが、ずいぶんと器量の良い娘だったとか」

「その器量を買われて召し抱えられたというのですが、実は市井では評判のあばずれだったということです」

「なんと！　なにゆえさような娘を御所に入れ申したのか？」

「それがうまい具合に素性を隠して、なにしろあの器量でございましょう」

「そなた、その娘の顔を見たことがあるのか？」

盗っ人が可憐な美少女であったことを朝臣達は面白おかしく話していたが、対照的に女房達は気まずげな顔のままにこりともしない。

嫌われ者という理由だけで右近を犯人と決めつけていたのだから、この真相を知ったあとではとうぜん良心の呵責（かしゃく）はあるだろう。

もちろん女房達も、疑ったこと自体は悪いと思っているはずだ。

それでもこれまで右近から受けた仕打ちを考えれば、素直に申しわけないという気持ちにはなれない。人の道として謝罪はすべきだが、それならむこうはこれまで積み重ねてきた悪行をどう片をつけるつもりなのか。はたしてこれから、いかようにして右近と付きあえばよいものか？　おおかたそんなことで頭を悩ませているといったところだろうか。

だが、その点で悩む必要はもはやなかった。

伊子は周りに断りを入れて、いったん席を離れた。

渡殿（わたどの）を少し進むと人気（ひとけ）はなくなり、高欄（こうらん）から見下ろした壺庭（つぼにわ）には薄紫の可憐な野菊の花がそよ風に揺られてたゆたっていた。人の手をかけた家菊も美しいが、気持ちが疲れているときはこのような素朴（そぼく）な花のほうが見ていて慰められる。

遠くから聞こえてくる笛の音を聞きながら、伊子はしばし物思いにふけっていた。

「大君（おおいきみ）」

呼びかけに振り返ると、清涼殿の方角から嵩那が歩いてきていた。

「良かった、追いついた」

微笑を浮かべながら、嵩那は側まで来た。だが彼の表情も芯からは明るくなく、なにかに気を遣っているようにぎこちない。

「右近のこと、弟君から聞きましたよ」

その話題を早々に切りだしてくれて、かえってほっとした。あるいはこの人のことだから、それを耳にして追いかけてきてくれたのかもしれない。それだけで重苦しかった心が少し軽くなった気がする。

「お耳が早いのですね」

扇（おうぎ）の内側で苦笑を浮かべつつ、伊子は答えた。

「良いご判断だったと思います」

「……」

伊子は扇の陰から上目遣いに、じっと嵩那を見上げた。

右近はいったん、御所を下がることになった。

空木が連行されてから、伊子は右近を呼び出して真相を説明した。疑いをかけられた彼女には、誰よりも早く知らせることが筋だと思ったからだ。

空木が真犯人であったこと。その彼女が自分を嵌（は）めようとしていたことを聞いても、右近の口から空木を非難するような言葉は出なかった。そのうえで最後まで話を聞き終えたあと、右近は自ら暇を申し出たのだ。

そのとき伊子は理解した。いかにふてぶてしくふるまっていようと、右近も御所での人間関係に平気なわけではなかったのだと——。

誰だって嫌われるより、好かれるほうが良いに決まっている。自分をのけ者にして仲睦まじく語りあう同僚達を横目で見る日々など過ごしたいはずがなかったのだ。

だがいくら修復を望んだところで、ここまで人間関係をこじらせてしまってはもはや無理な話だった。人は自分が嫌いな人間に対して、そんな優しくなれない。右近がいくら心を入れ換えようと、彼女に虐げられた女官達はいまさら許す気持ちにはなれない。

右近のほうとて同僚達からの曹司町でのあの誹謗を耳にしたあとでは、心機一転ということもできないだろう。

「後宮は、あの娘がいないほうがうまくいくのでしょう」

自らに言い聞かせるように伊子は言った。

美しい姉妹に挟まれて存在を軽んじられつづけた右近は、その環境から逃れるために宮仕えをはじめた。にもかかわらず彼女は、後宮でも自分の居場所を作れなかったのだ。

嵩那はなにも言わなかった。だがすべてを見透かすようなその眼差しに、伊子は観念して息をついた。

「されど今回の件で右近に責はありません。それをいくら本人が申し出たとはいえ、辞めさせてよかったものかと迷いがあるのです」

結果的に、ていよく厄介払いをした形になってしまったのではないだろうか？　そんなわだかまりが、伊子の心にはずっと残っていた。

「なるほど。だから別当殿の邸に斡旋してさしあげたのですか？」

苦笑交じりの嵩那が問いに、伊子は驚きに目を見開く。

「なぜ……」

「弟君から聞きましたよ」

伊子はしぶしぶうなずいた。弟に頼んだのは、先入観のないふるまいをした実顕に対して右近が見せた表情を思いだしたからだ。

「姉妹が婿を迎えている実家に戻るよりは、そのほうが良いのかと思ったのです。幸い弟も快く引き受けてくれましたし……」

なにより右近が二つ返事で承諾したのだ。

それだけが後味の悪い結末の中で、伊子にとって唯一の救いでもあった。

今回の事件は、伊子の心に苦い思いを残していた。

これまでの騒動とはちがい盗難という明確な犯罪であったから、女房達を疑い、彼女達を調べなければならなかった。その憂鬱さから、烏の仕業だと思いこもうとした節もあった。あれは間違いなく〝逃避〟だっと思う。

今回はなんとか乗りきったが、同様のことは今後も起こりうるかもしれない。そのときは尚侍という立場上、厳しい判断を下さなければならないのだ。

それを考えると、気が滅入ってしかたがなかった。

「良いご判断だと思います」

静かに嵩那は言った。

「別当殿の邸であれば、右近も新たな気持ちで働くことができるやもしれません。そうなれば女房としてもまたやり直せるでしょう」

その言葉にいくぶん救われた気持ちになり、伊子は扇の上の瞳を少し和ませた。

釣られるように嵩那も表情をやわらげる。

「人間は誰でも失敗するんです」

「……」

「もちろん悪質さにもよりますが、なにか失敗があるたびに当事者を退けてしまっては、いずれ誰もいなくなってしまいます。だから失敗した人間には、一度はやり直す機会を与えるべきなのです」

そこで嵩那は言葉を切り、あらためて伊子を見た。

「あなたは上司として、右近にその機会を与えたのでしょう」

伊子は大きく目を見開いた。

少しして嵩那の言葉が、先日の父・顕充の発言と重なった。

あのとき顕充は、伊子の進退について右大臣と議論を戦わせていた。そして長官として伊子がしなければならないことは、辞任ではなく同じことが起きないように対策を練ることだと言ったのだ。

そうだ、帝も言っていたではないか。

責任を取って辞めたところで、無くなったものが戻ってくるわけではない、と。

なるほど。確かに辞めただけではなにも解決しない。

起きてしまった不祥事を二度と起こらないようにするためになにをしたら良いのか、それを考えることこそ正しい責任の取り方なのではないか。

ならば自分は、尚侍としてやり直す機会を与えられたのだ。

鬱屈した思いが少し晴れて、ひとつの明瞭な道筋が示された。

後宮を束ねる立場として、なにかひとつしっかりしたものを得られた気がした。

「宮様」

力強く伊子は切りだした。嵩那は返事の代わりのように微笑みかける。

「私、今回の件を省みて、後宮で二度とこのようなことが起きぬように対策を考えます」

昂然と胸を張って宣言をした伊子を、嵩那は秋の空気のように澄んだ瞳で見つめた。

第二話　まったく人騒がせなことこの上ない

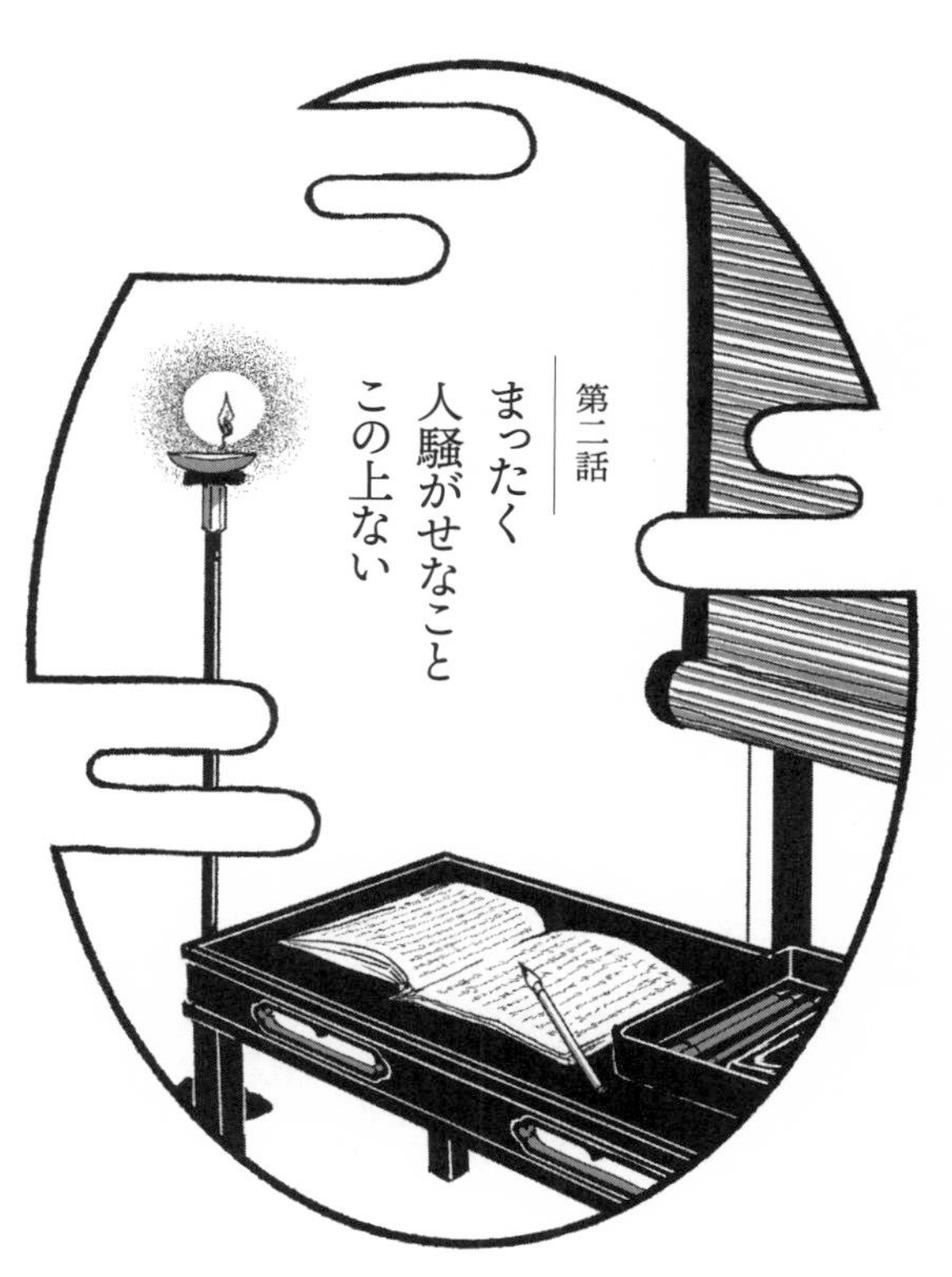

神無月。

冬の更衣が終わった頃、御所の女達の話題はひとつの物語のことで占められていた。

二人以上が集まれば、たいてい彼女達は『玉響物語』を読んだか否かの問いをし、その感想で大いに盛り上がった。もちろん伊子が賜る承香殿も例外ではない。

「私はやはり玉響の方がお気の毒で……長年お仕えして、ようやく世間に認められると思ったところで中将様のあの仕打ち。思わず悔し涙にくれてしまいましたわ」

「まことに。こうなるとなにも知らずにぬけぬけと継室（後妻）の座におさまった蘭の上が憎たらしくてなりませぬ」

「世間知らずの姫君で、悪意がないからかえって腹が立つのよね」

「それを言うのなら、もっとも罪深きは中将様でしょう」

「だけど一の人たる左大臣に娘をぜひとまで望まれたら、いかにいまをときめく貴公子とはいえお断りにはなれないわよ」

几帳のむこうから聞こえる女房達のおしゃべりに、伊子は文机から顔をあげた。広げている草紙は『玉響物語』ではなく、愛読の説話集である。

主人の反応に目敏く気づいた千草は、いざりよって几帳の隙間から顔を突きだした。

「ちょっと、あなた達。もう少し静かにお話しなさいな。姫様の読書の邪魔になるじゃないの」

承香殿で仕えている者達は、伊子が実家から連れてきた私的な女房ばかりだ。その中で千草は実質的な女房頭を担っている。

「すみませ〜ん」

恐縮した声に、伊子は苦笑交じりに取り成す。

「いいわよ、そんなに言わなくても。実を言うと『玉響物語』は、私も気になっていたのだから」

その言葉に女房達は歓声を上げ、几帳の陰から次々と顔をのぞかせた。

「では姫様も、すでにお読みになられたのですか？」

「残念ながらまだだけど、ずいぶんと評判になっているようね」

「はい。いまをときめく物語作家。菅命婦の最新作ですわ！」

「主人公、玉響の方は奥ゆかしく美貌をも兼ね備えた完璧な女人。されど身分が低いゆえにずっと日陰の立場で男君……中将様をお支えしてまいられたのです」

「そこに突然現れた身分高き若いご継室・蘭の上に、玉響の方はおのれの立場の儚さを思い知らされるのです」

「ああ、続きが気になってしかたがないわ。玉響の方はどうなってしまうのかしら」

手を揉みしだく女房達の言い分から察するに、物語はまだ続いているらしい。

菅命婦ほどの人気作家ともなれば、完結まで待たずに、ある程度草稿がまとまれば片っ端から写しに回されるのだろう。

「ままならぬ女子の人生を丁寧に、しかも独特の感性で記した、これは後世に残る名作ですわ」

「菅命婦は物語作家として一皮剝けたと、もっぱらの評判です」

女房達の止むことのない絶賛に、伊子は賀茂斎院もずいぶんと優秀な作家を抱えこんだものだと思った。

菅命婦こと菅原祐子は、斎院御所が設えた『ものがたりの府』のお抱え作家だった。

物語を書くという作業は、ある程度の資産がなければできない。墨と筆はともかく、なにしろ紙が高い。それを大量に要するのだから、裕福でなければ不可能である。それゆえ世間に流布する物語のほとんどは、皇族ないし貴族等の有力な門閥家の後援のもとに書かれたものであった。

斎院御所の『ものがたりの府』では、賀茂斎院・脩子内親王の采配で集められた才媛達が、潤沢な支援を受けて存分にその腕を競っていた。その中でも菅原祐子は、白眉の筆力とされる評判の女流作家である。

「一皮剝けたとは申しましても、不遇なその人生になんらかの希望を見出そうとする玉響の方の生き方は、これまでの菅命婦の人生賛歌の作風を踏襲致しております」

「次がどうなるのかが気になって、物語から一瞬たりとも目が離せなくなってしまう展開も変わらずですわ」

　女房達は手離しの大絶賛だ。あらすじだけ聞けばさして珍しい話とも思えないのに、この入れこみようには驚くべきものがある。それだけ登場人物や展開に共感しやすい物語だということなのだろうか。

（そうよね。説話集からは教訓は得られても、共感とかいうことではないものね）

　伊子はつい先刻まで文机に広げていた、手持ちの草紙を思いだした。市井や地方に伝わる説話を書きとめた写しは、諧謔的ながら諷刺が利いたお気に入りの物語集だった。

　興奮覚めやらぬ女房達をなだめるつもりで、独り言のように伊子は漏らした。

「それにしても菅命婦は、なにがきっかけでそのように作風を変えたのかしら」

「そんなこと決まっています。恋ですよ！」

　それまで口々に感想を述べていた女房達が、ここぞとばかり異口同音に答えた。

　けっこうな圧に、伊子はゆらゆらと揺らしていた檜扇をぴたりと止めた。

「恋!?」

疑うような声をあげたのは千草だったが、女房達はそろって大きくうなずく。

「萱命婦は恋をしたのですよ。でなければあのように細やかであはれな物語を書けるはずがございません。確かに恋をしているときって、わけもなく物悲しく切なくなりますものね」

顎（あご）の下で手を組み、うっとりとして女房は言う。目をきらきらさせる者、両腕で自分の胸を抱くようにしている者もいる。そんなものか？　と突っこみたい気持ちはとうぜんあったが、口にするといっせいに反論されそうなので黙っていた。ひとまず苦笑いをして返答をごまかす伊子に、女房はまるで説得でもするような切実な口調で言った。

「とにかくまだお読みになられていないのなら、ぜひとも読んでいただきたいです。恋のままならなさ、やるせなさが切々と描かれて胸に染み入りますから。まことに、読まなければ人生を損いたしますわよ」


「残念ながら、私も読んだことはありませんね」

あっさりと答えた嵩那（たかふゆ）からは、人生を損している気配はまったくうかがえなかった。

晩秋の壺庭（つぼにわ）の植込みには、石蕗（つわぶき）が鮮やかな黄色い花を咲かせていた。渡殿（わたどの）で鉢合（はちあ）わせてそのまま立ち話をしていたのだが、そこで伊子がもののついでに話題の『玉響物語』について尋ねたのである。

「そもそも菅命婦の物語自体を読んだことがないもので……」

後頭部に手をまわしながら、申しわけなさそうに嵩那は言う。

姉斎院から『源氏物語』を強制されたときもそうだったが、嵩那には物語は女性の読むものだという観念があるようだ。物語のほとんどが仮名文字、いわゆる女文字で書かれているから、彼がそう考えるのはいたしかたない。

「さようでございましたか。実は私も他の作品は読んだことがあるのですが、あいにく『玉響』は読んでおりません」

「その作品はいかがでしたか？　やはり評判通りの作家なのですか？」

「一、二作だけですので、それだけで作家としての評価はできませんが、物語としては面白かったです」

伊子が読んだ菅命婦の作品は、虐げられて不遇の立場にある女人が立派な男君に見初められ、彼女を虐待していた者達に天誅を与えるという勧善懲悪的な展開のものだった。女主人公は人も羨む幸い人となり大団円で終わる。聞くところによると、菅命婦の作品はおおむねそのような傾向にあるらしい。

しかし最新作の『玉響物語』は、少し趣がちがっているというのだ。

これといった悪人は登場しないのに、主人公・玉響とその恋人である中将は、ちょっとした誤解やままならなさからどんどん気持ちがすれ違ってゆく。相手に良かれと思ってしたことが裏目にばかり出て、歯痒さともどかしさばかりが募る展開を繰り広げているのだという。

「人生におけるときめきとままならなさの匙加減が絶妙で、女房達は菅命婦が恋をしたにちがいないなどと戯言を申しておりました」

しれっと辛辣なことを言う伊子に、嵩那はぷっと噴き出した。

「されど男達の間でも、菅命婦はずいぶんと評判を取っていますよ」

「え、そうだったのですか?」

「はい。それに『玉響物語』にかんしては、男達にもけっこう既読の者が多いですよ」

「まあ、殿方の間でも、そこまで人気を得ていたのですね」

物語という文化は、どちらかというと女性を中心に流行しているものなので、男社会でそれほど関心を持たれているとは思ってもいなかった。

意外な顔をする伊子に、嵩那はこくりとうなずく。

「やはりいまをときめく人気作家ですからね。当代一の才媛と称され、おまけに二年前に夫を亡くしているので、よけいに男達の興味をそそっているようです。それで彼らも競って文を出しているようですが、これがなかなか手強いと評判でして」

嵩那の説明によると、なんでも萱命婦に歌を送ると、朱文字で添削されて戻ってくるのだという。それがまたぐうの音も出ないほどの的確な指摘で、特に歌に自信のある男はその度に打ちのめされているらしい。

「しかし稚拙な歌など送ろうものなら、添削ではなく朱で大きく「不可」と記されて返ってくるらしいので、近頃では添削される者はまだ見込みがあるのだろうという話になっています」

なんとも情けない状況を面白おかしく嵩那は語るが、もしもこの人が萱命婦に歌を送ったのなら、間違いなく「不可」と大きく記されて戻されるだろうと伊子は思った。過去に嵩那から送られた歌は、どう贔屓目にみても駄作としかいいようのない、とんでもない代物ばかりだった。

だというのに嵩那の口ぶりはあくまでも他人事だ。それもとうぜんで、なにしろ彼は自分の歌詠みの感性が著しく世の流行からずれている自覚がないのである。

(ということは、宮様は萱命婦に文は出していないのね)

なんとなくほっとしている自分に、思わず苦笑してしまう。

嵩那もかつては多情で鳴らした時代もあるらしいが、その当時から誰彼かまわずに迫るとか、二股をかけるようないい加減な恋をする人ではなかった。それを承知したうえで気になるのだから、人の猜疑心や不安というものはいつまでも尽きないものだ。

伊子の懸念になど気づく気配もなく、変わらぬ朗らかさで嵩那はつづける。

「加えて菅命婦は、文の駆け引きにもなかなか長けていると評判です」

「不可なのに？」

伊子は首を傾げた。恋歌に対する手厳しい処置を聞くかぎり、無遠慮なぐらい率直で容赦ない女人に思えるのだが――。

嵩那は声をあげて笑った。

「長く返事をもらえず諦めかけていた頃に、絶妙の間合いで返歌や添削を寄越すことがしばしばあるそうです。たまに思いっきり待たせたあげくにばっ点印で返される悲惨な例もあるようですが、ともかくそれで男達は燃えてしまうわけですよ」

「……さようなものでございますか」

腹が立つのなら分かるが、なぜ燃えるものなのか。男という者の思考回路はつくづく分からぬものだと、伊子は呆れた。

「ではその中に誰か、菅命婦の心を摑んだ殿方が？」

「残念ながら、今のところそういう話は聞きませんがね」

拍子抜けしつつも〝そうだろうな〟と伊子は思った。

女房達の言葉に少なからず影響を受けてしまっていたが、仮に菅命婦が恋をしていたとしても、まともな羞恥心の持ち主であれば、多くの人が読むことを前提とした物語に自分の恋愛体験を赤裸々に書きこむはずがない。

「それでは物語ではなく日記ですものね」

「されど人の目に触れることを前提とした文学の中にも、意図して赤裸々に書かれたものもありますよ」

「え?」

「諷刺も含めた、誰かに何かを訴えることを目的として書かれたものです」

一瞬なんのことかと思ったが、すぐに嵩那の言わんとすることを理解した。

「では『玉響物語』は、菅命婦が自分の恋人に当てつけるために――」

「いや、文学というものはそういう可能性もあるというだけです」

かなり一足飛びな伊子の結論を、嵩那は手を振って否定した。

確かに古の時代の和歌などには、なかなか赤裸々な事情を謳ったものも数多い。大海人皇子（天武天皇）と額田女王の、蒲生野での相聞歌などは有名だ。唐土の国の漢詩などには、あからさまな政権批判を記したものも多々あると聞く。

「そういう例もあるものだから、読む側はつい主人公に作者である菅命婦を投影してしまうのかもしれませぬ」

嵩那の意見に、なるほどと伊子も納得した。

女房達の憶測や妄想の根底には、そういう文化の存在があったのかもしれない。

玉響の方はいわゆる中流層の女なので、菅命婦とは地位が重なる。それゆえ彼女の心を摑みたい男達は、物語の玉響の方にその糸口を求めようとする。そんな色めいた状況が女房達の耳にも入り、ますますのこと『玉響物語』と菅命婦への憶測が広がってゆくというわけなのか。

「実際のところ、菅命婦の恋愛はどうなのでしょうか」

「さあ、物語はあくまでも作り物ですからね」

意外と冷めたことを言う嵩那に、伊子も苦笑交じりにうなずいた。

もしも自分に菅命婦ほどの文才があっても、実際の恋の悩みなど絶対に記さない。まして人に見せるなど、想像しただけで顔から火が出そうだ。

——まだお読みになられていないのなら、ぜひとも読んでいただきたいです。

『玉響物語』を勧める女房に対して一応笑ってごまかしはしたが、本当のところは絶対読むものかと伊子は固く誓っていた。ただでさえ現実の恋で憂鬱の種があるのに、物語の中でまで悩みたくない。

あるいは自分も、少々意固地になっているところがあるのかもしれない。

菅命婦の作風の変化に、女房達が言うように現実の恋が関係しているとしたら、物書きという種類の人間は、きっと自分とはちがう鬱憤の晴らし方をする者なのだろうと伊子は思った。

それから数日後、伊子は久しぶりに賀茂斎院から呼び出しをくらった。

あいかわらずこちらの都合を考えない突然の催促ではあったが、これまでの彼女の呼び出しがすべて重要なことばかりだったので、なんとか都合をつけて出向くことにした。

紫野の斎院御所には客殿が設けられており、宮廷人でもそこまでは入れるようになっている。それゆえ歴代の斎院達は、歌会や合わせ遊びなどを催して自らの御殿を賑わいのあるものにしてきた。この点で、遠い伊勢の地で俗世から切り離された生活を送る伊勢斎王とは少し傾向がちがっている。

数年前に設けられた『ものがたりの府』も、そんな斎院御所の性格により誕生したものだった。

「おお、大君。参ったか！」

御簾を上げた御座所で、斎院は豪快に両腕を広げて歓迎の意を表した。

くっきりとした目鼻立ちに、白い梨花を織り出した紫の小袿姿が艶やかな迫力満点の美女である。

賀茂斎院・脩子内親王は、伊子より二つ年長の幼馴染で嵩那の同母姉である。加えて伊子と嵩那の過去の関係を知っている数少ない人間でもあった。

色々と腹が立つところもあるが、文字通り諸手をあげて自分を歓迎する親友に伊子の表情も自然とほころぶ。

「今回はいかなる用事でございますか？」

用意された座に腰を下ろしつつ問うと、斎院は「それじゃ」と、身を乗り出した。

「権大納言の三の姫のことを存じておろう」

伊子はすぐにうなずいた。

「もちろん存じております。弟の北の方ですから。お会いしたことはございませんが」

当世の結婚は、男が妻の実家に通う形が主流である。とはいえ家門に入るわけではないので、ある程度のところで独立して自分達の家を建てる場合も多い。実顕夫婦もいずれはそのつもりで、ぼつぼつと土地捜しをしていると本人から聞いている。

いずれにしろ夫婦の生活には妻側の家族が深くかかわるものなので、義姉という立場にありながら、伊子は実顕の妻と面識がなかったのだ。三年前に嫡子（ちゃくし）となる長男を産み、その頃は十八、九と聞いていたから、いまは二十一、二歳というところだろうか。

「その三の姫がどうかなさいましたか？」

「今朝から、われの元に身を寄せておる」

一瞬なんのことかと思った。

そして言葉を受け入れたあとは、とうぜんの疑問が口をついて出た。

「なぜですか？」

「斎院御所に女房として、召し抱えて欲しいと申しておるのじゃ」

歯切れよく斎院は答えるが、伊子はますます意味が分からなくなってしまう。

ある程度身分のある女人が出仕をする場合、たいていは女房として局（つぼね）を賜（たまわ）り、勤め先に住みこむことになる。この場合は斎院御所ということになるが、夫と三歳の息子がいる女の行動とは思えない。

伊子のような特例はあるが、公卿（くぎょう）の娘の宮仕えの動機はおおよそが将来の入内（じゅだい）を見込んでのものだ。しかし奉職先が斎院御所では、その動機は該当（がいとう）しない。そもそも三の姫は既婚者だ。普通に生活のためという理由もあるが、夫は従四位、父親は正三位の権大納言という境遇の姫君にそんな事情が生じるとも思えない。しかもなにを好き好んで、こんな武則天並みの横暴な女主人を選んだものか。などとどさくさまぎれにけっこう失礼なことを考えつつ、伊子は答えを求めるように斎院の顔を見た。

「われも存ぜぬ」

あっさりと斎院は言った。

なにも訊いていないうちからむげにされ、伊子は少々鼻白んだ。

やがて斎院は、事の次第を説明しはじめた。

もともと権大納言家とは女房を介して親交があり、その縁で三の姫こと藤原暁子のことは知っていたのだという。ゆえに女房や侍女の紹介というのなら分かるのだが、今回は暁子本人が直々に乗りこんできて使って欲しいというのである。

「とはいえ此方の都合のみを言えば、召し抱えることはむしろ歓迎なのじゃ」

「それはなにゆえ？　紫野における女房の数は不足していないように、お見受けいたしますが……」

「一般の女房としてではない。『ものがたりの府』で写本をする者として召し抱えたい」

言われてみれば、なるほどと思える理由だった。

なんでも暁子は、非常に読みやすい手蹟の持ち主なのだという。能筆家というのとは少しちがうが、女人らしく丁寧で、少し幼さが残るところが逆に可愛らしい。

「近頃、早く写しが欲しいという要望が多くてな。写本担当の女房を増やしたいと思うていたところなのじゃ」

「確かに此方様からの物語は、一刻も早く続きが読みたいと、御所の女房達も切望いたしております」

なにしろ斎院御所は、あの萱命婦を召し抱えているのだ。

聞いただけでははた迷惑とも思えた暁子の打診だったが、実は斎院御所にとっては渡りに船であったようだ。

とはいえ斎院側も、権大納言の姫君をおいそれとは召し抱えられないだろう。

そもそも世間にはまだ、女の宮仕えをはしたないとする風潮がある。自分がこんなことを思うのもなんだが、暁子ほどの身分の人妻がなにゆえそんな行動に至ったものか。まして実顕は、そのことを知っているのであろうか。

「ご本人様からお話を訊くことはできますでしょうか？」

「そのつもりで、そなたに来てもらったのじゃ」

待っていました、とばかりに言うと、斎院は暁子を呼ぶように女房に命じた。

裾を引きながら中に入ってきた暁子は、伊子より少し下がった位置に座った。それが義姉に対する配慮なのか、左大臣の姫に対する敬意なのか分からない。

地紋のある明るい黄色の生地に萌黄の糸で紋様を織り出した二陪織物の小袿。袖口から白の単をのぞかせた、若妻にふさわしい明るく瑞々しい装いだ。

斎院は伊子に一瞥くれたあと、暁子にむかって言った。

「三の姫。そちらが別当殿の姉君、尚侍の君じゃ」

「義姉上様には、お初におめもじいたします」

「こちらこそ、はじめまして。お会いできてとても嬉しいわ」

伊子が愛想良く返すと、暁子はさすがに気まずげな顔になる。夫と子を置いて家を飛びだしてきたところで、義理の姉と初顔合わせをしたのだ。その胸中やいかに、といったところである。暁子からすれば、むしろ愛想良くされたほうが怖いといったところではないか。

あんのじょう暁子は、もじもじとしたままでなにか言う気配を見せない。だから伊子のほうから切り出すことにした。

「斎院様から、お話は聞きましたよ」

予想できたことだろうが、暁子はびくりと肩を揺らして伊子を見た。

権大納言家の姫君にふさわしい、現代的で垢抜(あかぬ)けした姫君だった。大きな円(まる)い目は心持ち目尻が釣りあがっていて見る者に気が強い印象を与えそうだが、あの弟であればそれぐらいの姫君のほうがふさわしい。

「斎院御所にお仕えしたいなど、夫子供のあるお方の本意とも思えませぬ。なにかやむにやまれぬ事情がございますのならば、是非(ぜひ)とも事情をお明かしいただけませんか？　私でもなにか役に立つことがございましたら、尽力は惜しみませぬから」

丁寧な伊子の説得を、暁子はぐっと唇を引き結んで聞いていた。やがてその口許(くちもと)がわななと震えだす。

「女です！」

これ以上ないほど端的に告げられた言葉が、伊子は即座に理解できなかった。

もちろん意味は分かるから、信じられなかったといったほうが正解だろう。人妻が感情的になって〝女〟と叫んだのなら、それが意味するところはだいたい決まっている。

「殿に新しい女ができたのです」

暁子の断言に、やはりそうかと伊子は額を押さえた。

善悪はともかく世の倣(なら)いとして珍しくもないことだが、それにしてもあの実顕がという気持ちにはなる。しかしあの性格だからこそ、うまく隠しおおせることなく早々と妻の知るところとなったのかもしれない。

「なんじゃ、さようなことか」

馬鹿馬鹿しいとばかりに斎院が切り捨てた。火に油をそそぐ、あるいは泣きっ面(つら)に蜂のような容赦(ようしゃ)ない発言に伊子は青ざめた。

「さ、斎院様……」

「あの身分の男であれば、他所(よそ)に妻の一人や二人は持ってとうぜんであろう」

確かに世間的な見解はそうだが、それに本心から納得している妻はおそらくいない。そもそもその見解自体、男側が自分達に都合よく作りあげたものではないか。それをこのように頭ごなしに否定しては可哀想(かわいそう)だ。しかも同性の斎院がそんなことを口にするとは、義憤に駆られた伊子はつい身を乗り出した。

「斎院様、それは……」

「少なくとも世の男共は、それで正しいと思うておるぞ」

ぴしゃりと告げられた斎院の言葉に、伊子は抗議の声をさえぎられる。

「ならば女子(おなご)のほうも、おのれの正しさを信じて挑むしかないではないか」

予想外の方向へと進んだ斎院の言葉に、伊子と暁子はあ然とする。

いつのまにか斎院は脇息（きょうそく）から身を起こし、真正面から暁子を見据えている。

「なにゆえそなたが出て参る。非がむこうにあると思うのなら、世間の目など恐れず夫を追い出せばよかったのじゃ」

確かにいま二人が住んでいる邸は暁子の実家である。どちらかがというのなら、実顕が出るほうが筋だ。

斎院の迫力にしばらく気圧（けお）されていた暁子がようやく口を開いた。

「その、疲れて帰ったところを追い出したら可哀想だと思って……」

「…………」

実顕のところに戻ったら？　伊子は本気で文句を言いたくなった。

弟のことをそれほど思いやってくれるのは姉として嬉しいが、わざわざ御所から呼びだされたあげく、とんでもないのろけを聞かされた気持ちになった。

必然白けた表情になる伊子と斎院に、暁子は開き直ったように頬を膨らませた。

「私とて夫の身分であれば他に通う女人（にょにん）がいることぐらい……そりゃあ少しは、いえ、だいぶん腹は立ちますけど……しかたがないと思っております」

暁子の膨らんだ頬（ほお）は、まるで蛙（かえる）か栗鼠（りす）のようだった。世間の常識に彼女が納得していないのは火を見るよりあきらかである。まあおおよその妻が、本心では同じように思っているのだろうが。

伊子達が反論してこないことを肯定と受け止めたのか、暁子は勢いづいた。

「そもそも私が腹立たしいのはそこではないのです。他に女人を持つのなら、こそこそ隠したりせずにはっきりと言えばよいのです。殿の身分を考えれば、誰も咎めたりなさらないでしょうに」

「でもそれは、弟もあなた様に気を遣ってのこと……」

「さようなことだから、周りからも軽んぜられるのです！」

憤然として暁子は言った。

「確かにわが殿は、他に類を見ないほどのお人好しです。誰かから嫌味や当てこすりを言われても、気づかないでいることがほとんどです。気づいても『うまい事言うなあ』と笑っているようなお方です」

言っているうちに悔しくなってきたのか、暁子は手をぎゅっと握りしめた。

しばらく黙っていた斎院は、檜扇をかざしたまま伊子のほうに目をむけた。

「大君。そなたの弟君は、ひょっとして少し抜けておるのか？」

こういうことを遠慮なく訊いてくるあたりが、いかにも斎院らしい。

とはいえ暁子の言うことは中らずと雖も遠からずであった。嫌味には半分ぐらいは気づいているはずだが、争いごとを好まぬ気性から素知らぬふりをして過ごしているところはあると思う。伊子にはとうてい理解できないが、それが弟なりに人間関係をうまくこなすコツなのであろう。

人柄の良さは保証できるが、才気煥発でないことも確かである。人の良さは顕充も同じだが、父の場合はさすがに左大臣という立場上、威厳と貫禄は保っている。

「……おっとりとはしていますね」

「お優しい方なのです！」

すかさず暁子は反論した。

「わが殿は、いつ何時も周りに気を配ることを忘れぬ心栄えの優れたお方です。相手の年齢、身分を問わず常に思いやりを持ってふるまわれ、私の両親はもちろん、家臣も誰一人とて殿を慕わぬ者はおりません。太郎（この場合、長男）も本当にお父様が大好きで、私も殿と夫婦になれたことこそ、この世に生まれでた一番の幸福と思っております」

情熱的に夫の美点と敬愛の念を語る暁子に、伊子は心から思った。

ほんと、もう家に帰って実顕と仲直りをすれば!?

なかばうんざりしつつも、伊子はなだめるつもりで口を開く。

「なればこそ一度家に戻って、落ちついて話しあいをなされたほうが──」

「いかに問いつめても、通う女などないの一点張りでございます」

憤然と暁子は返した。

「されど様子がおかしいことは、日頃を知る私が見ていれば分かります。ええ、私は誰よりも殿のことを存じておりますもの。参内がない日に寺参りに行くと言ってふらっと出て行ったかと思えば、夜遅くまで調べ物をするとか言って局に引きこもるなど、あれは女に文を書いているにちがいありませんわ」

実際になにをしているのかはともかく、寺参りも局に引きこもって調べ物をするのも普通にすることだと思う。しかし昂った暁子には、そんなことを指摘できる雰囲気はまったくなかった。

「私のことでしたらご心配なく。家の者には寺参りに行くと申してまいりましたから。殿はそろそろ気づいている頃やもしれませぬが、もうあのような方は存じませせぬ。私、完全に愛想をつかしました」

強い口調で言う暁子の瞳には、いつしかうっすらと光るものが浮かんでいた。

伊子は内心でため息をつきたくなった。

個人的に幼い子供を置いて実家を飛びだすなどやりすぎだとは思うが、さりとて夫の裏切りを忍び、家族に尽くすことが妻の徳と諭すなど同性としてけしてしたくない。

どちらに味方をしていいものかと思い悩む伊子のそばで、御座所にいた斎院がぱちんと軽快な音をたてて檜扇を閉じた。

「あい、承知した」

伊子は耳を疑った。

「ちょうど『ものがたりの府』に人手が欲しいと思うていたところじゃ。局を用意させるゆえ、納得できるまでここで仕えるがよい」

「ありがとうございます」

先刻までの泣きっ面はどこへやら、暁子は表情を輝かせている。

「さ、斎院様⁉」

あわてふためく伊子に、しれっと斎院は応じた。

「三の姫の怒りには筋がある。そのうえで彼女はこちらでは有用な人材じゃ。ならば追い返す理由はどこにもあるまい」

「そ、それはそうですが……」

だったらなんのために自分を呼び寄せたのか？　という抗議の言葉が喉元まで出掛けたが、ふと思いついて自制する。

この場で力ずくに暁子を家に追い返しても、この状況では冷静な話しあいなどできそうもない。ましてあの実顕が、この気の強い妻をうまく言い含められるとも思えない。ならばほとぼりが冷めるまで別居するというのも手かもしれない。

こんな言い方をしてはなんだが、家の采配は権大納言の北の方や女房頭、太郎君にかんしては乳母がいるから、しばらく家を空けたところで困り果てることまではないだろう。

伊子はちらりと斎院に目をむけた。

あるいは同じ気持ちで暁子を留めたのか、それともやはり単純に口にした通りの理由なのか、斎院の性格を考えれば非常に判断が難しいところである。いずれにしろ御所に戻ったらさっそく実顕を呼んで話を聞かなければならない。

そのとき一人の女房が簀子に姿を見せ、訪問者の名を告げた。

「『ものがたりの府』の萱命婦が、草稿を納めに参りましてございます」

斎院御所における『ものがたりの府』では、能筆の女房達が納められた物語の写本、製本作業に日々勤しんでいる。

しかし物語そのものを書く作家達は、自宅で執筆をしている者がほとんどだった。御所や門閥家に仕えている者がたまたま創作の才を見せることはあるが、世間で評判の作者には支援者側から声をかけて執筆依頼をしているからだ。

菅命婦こと菅原祐子もそんな作者の一人で、名目上は斎院御所の女房だが、執筆は五条の実家にて行っている。

そしていままさに彼女が、仕上がった草稿を納めにきたところだというのだ。

最初に聞いたときは使いの者が来たのであろうと思ったのだが、なんと女房は祐子本人が参じたことを告げた。なんでもしばらく無沙汰をしているので、挨拶がてら自ら出向いたのだという。祐子にとって斎院は大切な支援者だからおろそかにはできない。

「立てこんでいるようであれば、また出直すと申しておられますが」

そう言って女房は、簀子からちらりと伊子と暁子を見た。高貴な身分の先客が二人もいるのだから、そうせざるをえないと思ったのだろう。しかし斎院はゆっくりと首を横に振った。

「ちょうどよかった。二人にも紹介いたそう。特に三の姫には、菅命婦の物語を写本してもらうことになるであろうから」

斎院の言葉に、暁子は少し緊張した面持ちでうなずいた。

伊子のほうは、単純にいまをときめく人気作家に対する好奇心が刺激された。流行りの

『玉響物語』に触手は動かずとも、萱命婦という才媛には興味がある。

「三の姫様は、萱命婦の作品を読んだことはございますか？」

世間話のつもりで話を振ると、暁子はこくりとうなずいた。

「はい。既刊はすべて読んでおります。どれもこれも大好きな物語ばかりです。なれど最新の『玉響物語』はまだ読めておりませぬ。なにしろ大変な評判ですからなかなか入手できないのです」

暁子のように比較的身分の高い者でも手に入れられないのだから、それだけで『玉響物語』の人気のほどが分かるというものだ。写本を担う人手が欲しいという斎院の言い分は、あんがい切実なものかもしれなかった。

「今日納めにきた草稿は、『玉響』のつづきであるはずじゃ」

そう告げたあと、少し間を置いて斎院は言った。

「ひとまず三の姫は、大君とともにわれのご機嫌うかがいに来たということで通そう。夫婦の立ち入った事情を無関係の者に話す必要もあるまい」

珍しく常識的なことを言うと、斎院は女房に萱命婦を通すように命じた。

ほどなくして、唐衣裳姿の女人が入ってきた。

（これが評判の、萱命婦……）

一言で表すなら、才色兼備。

年のころは二十代後半あたりだろう。色白で面長の顔立ちに、知的な光を湛えた黒い瞳と引き締まった口許が意志の強さを表している。華やかではないが、理知的できりりとした印象の佳人であった。

名目上とはいえ斎院御所の女房という立場にあり、本日は参内という形になるからその装束は正装である。濃い縹色の唐衣と表着の下に蘇芳の五つ衣をかさね、袖口からくすんだ緋色の単をのぞかせた、個性的で引き締まった装いだ。

祐子は廂の端近に腰を下ろし、深々と頭を下げた。

「お客様方がお出でだとは存ぜず、とつぜんお尋ねしてまことに申しわけございませぬ」

「気にするな。そなたにも紹介しておきたかったのじゃ」

そう言って斎院は伊子達にと視線を動かす。

「此方がわれの幼馴染で左大臣が大姫、今上の尚侍じゃ。そしてそちらが権大納言の三の姫。お二人は義理の姉妹でわれのもとに遊びにきてくれたのじゃ」

「義理の姉妹？」

祐子は一瞬怪訝な表情を浮かべ、伊子と暁子を見比べた。

そして何事か思いついたように口許に手を当てる。

「では、検非違使別当様の姉上様と北の方様でございますか？」

「殿のことを、知っているのですか？」

すかさず暁子が声をあげた。もうあんな人は知らないなどと拗ねていたくせに、実顕の話題には誰よりも早く反応している。本当に愛想をつかしていたのなら、名前を聞いただけで眉をひそめるだろうに。

（やっぱり家に帰って話しあったほうがいいんじゃないかなあ？）

どう考えたって暁子は実顕に惚れている。しかも世間的には軽んじられがちな弟の人好さを美点としたうえで──姉として本当にありがたい話である。

「はい。先年亡くなりました私の夫が、右衛門大尉でございましたので」

実顕は検非違使別当だけではなく、右衛門督も兼任している。兼官は位の高い者にはよくあることで、祐子の亡夫は実顕の部下であったというわけだ。申しわけない話だが、伊子は先の右衛門大尉が亡くなっていたことも知らなかった。

「その話なら、殿から聞いております」

伊子の心を読んだわけもないのだろうが、絶妙の間合いで暁子が声をあげた。

「大尉はまだ若く、ご本人はもちろんですが残されたご家族が痛ましいと当時はよく話しておりました。それが評判の才媛、菅命婦のこととは存じませんでした」

評判の才媛という言葉に、祐子は苦笑を漏らした。

「そのおりは督（右衛門督・この場合は実顕のこと）様には幾度もお見舞いをいただきまして……まことに督様のお心遣いに、故人はもちろん私もどれほど慰められたものか計りしれませぬ。心から感謝いたしております」

亡くなった夫を忍びつつ、祐子は実顕に対する感謝の念を述べた。

はじめのうちは穏やかな表情で話を聞いていた暁子だったが、不意にその眉がぴくりと跳ね上がった。

「？」

「そうですね。お優しいだけが取り得の方ですから」

心持ち強くなった暁子の口調に、伊子の中にまさかの疑念が思い浮かんだ。

ひょっとして暁子は、祐子と実顕の仲を疑っているのではないだろうか？

確かに部下の妻を気遣ううちに深い仲になど、いかにもありそうな話だ。しかしあまりにも俗っぽくすぎて、かえって真実味がない気がする。そもそも見舞いに来てくれたという証言だけで浮気相手ではと疑うなどあまりにも短絡的だ。

（確かに魅力的な女人ではあるけれど……）

伊子は檜扇の陰から、あらためて祐子を見つめた。

けして華やかな容姿ではない。若さも含めて単純に姿形だけを見れば、圧倒的に暁子のほうがひと目を惹く。

しかし祐子は、他の女人がけして真似できない独特のたたずまいを持っていた。もちろんそこには見る側の、作家という特有の才能に対する好奇心も影響していただろう。特に暁子のようによくも悪くも裏表のない若い女にとって、祐子のように神秘的な女性はなにかしらの劣等感を生じさせてしまう存在かもしれない。

きっと理屈ではないのだ。夫の行状に疑念を持っているさなかに、自分とはまったく違う魅力を持った女人が彼の側にいたことを知った。それだけで若妻の胸は乱されるのだ。

とはいえ暁子の疑念は、この状況では根拠のない思いつきに過ぎない。

暁子の声音の変化に、祐子は知的な黒い眼を軽く瞬かせた。人差し指を顎先にあてて小首を傾げ、やがてなにごとか気づいたような表情になる。だから伊子は、てっきり祐子がなんらかの弁明をするもの期待したのだが――。

「お優しいだけが取り得などと、さようなことはけしてございませぬ。督様は博識で、漢詩も和歌も大変達者であらせられるではありませぬか。北の方様、いくら御身内とはいえご謙遜が過ぎますわ」

変わらず落ちついた物言いではあったが、暁子が求めている言葉は確実にそれではない。

もちろん裄子が暁子の疑念にまったく気づいていないのなら、弁明など口にするはずもないのだが。

幸いにして暁子は冷静さを取り戻したとみえ、気まずげな面持ちで手元の檜扇にと視線を落とした。おそらくまだ疑念は残っているのだろうが、証拠もないのにこの場で追及などできるはずもない。

裄子の挨拶が一段落ついたところで、思い出したように斎院が言った。

「ところで萱命婦。そなた、まだ手は治っておらぬようじゃな」

その指摘で伊子は、裄子が右手に白い包帯を巻いていることに気づいた。緋色の単は手の甲あたりまで長さがあるので、入ってきたときはよく見えなかった。

「はい。思いのほか長引きまして。利き手ですので、慎重になっているところもあるのですが」

言いながら裄子は、左手で包帯を巻いた箇所をさすった。

物書きが手を怪我したというのなら、それは難儀なことだろう。そもそも利き手の怪我は職種がなんであれ不自由なものだ。

「それでは草稿を書き上げるのは、さぞご苦労なさったでしょう」

伊子の問いに裄子は「はい」とうなずく。

「ですからいまは家の者に代筆させております」

「まあ、それは煩(わずら)わしいことでしょう」

和歌のように短いものなら代筆もあるが、物語や日記のように長いものを口述筆記させることは、語る側も書く側もいらいらが溜まりそうな気がする。

ところが祐子は「大丈夫ですよ」とあっさりと答えた。

「斎院様はご存じでしょうが、その代筆者はなかなかの能筆家でございますので、むしろ私が書いた草稿より美しいかと存じます」

「なるほど。確かに先の草稿は見事な手蹟であった」

冗談交じりに応じたあと、斎院は口調を改めた。

「しかしもしその者一人では手に余るようなことがあれば、われのほうで代筆役を手配するゆえ遠慮(えんりょ)なく申せよ。なにせ都中の女が『玉響物語』の続きを待ち望んでいる。そなたも存じているであろうが、今作は菅命婦渾身(こんしん)の最大傑作(けっさく)との評判も高いぞ」

まるで我がことのように、誇らしげに斎院は言った。

「いえ、そのようなことは……」

大仰(おおぎょう)な褒め言葉が気恥ずかしいのか、祐子は曖昧(あいまい)に語尾を濁す。喜ぶよりもむしろ困惑しているようでもある。そのあとも軽い雑談はつづいたが、斎院は暁子を召しかかえることについては最後まで口にしなかった。

　祐子が帰ったあと、伊子はあらためて暁子に言った。

「私から弟には話を聞いてみますから、あなた様もくれぐれも早まった真似などなさらぬようにお願いしますね」

　この場合の早まった真似とは、端的に言えば離縁や出家である。

　たった一人の弟の妻。ひとつ屋根の下で暮らしている、子供まで成した夫婦。

　二人を捨て置けない理由はいくつかあるが、なにより伊子が惜しんでいるのは、暁子がいまだ実顕のことを好いてくれているということだ。実顕の二心の真偽がどうあれ、姉としてこのまま放っておくわけにはいかなかった。

「よろしいですね、三の姫」

　念押しをすると、はたして暁子は頰を膨らませたままうなずいた。


　翌日、伊子は実顕を呼んだ。

　具体的な理由を言わずに仕事が終わってから来てくれるように伝えると、未三ツ刻（十四時過ぎ頃）には行けるだろうという報せが来た。

普段通りに職務をこなし、約束の一刻程前に承香殿に戻ると、まるで追いかけてきたように嵩那が訪ねてきた。人払いを望んだ彼の意を汲んで千草以外の女房を去らせると、嵩那は御簾のむこうで頭を抱えこんだ。

「実は昨夜、姉上から呼び出されまして……」

それだけでなにがあったのか想像できた。おおかたいつものように、理不尽かつ一方的なことを突きつけられたのだろう。本当に誰に対してもぶれない人だと、斎院の傍若無人ぶりにかんしては、怒るよりももはや感心の域に達してしまう。

「斎院様は、今度はなにをお命じになられたのですか？」

「あなたの弟君の素行調査をして来いと――」

やっぱり――伊子はがっくりと脇息にもたれこんだ。

伊子も話を訊いてみると言いはしたが、実顕がしらを切ることも考えられる。かといって女の身では足を伸ばして証拠を摑むというのも難しい。そのために嵩那にも手を回したということだろう。

物事の白黒をはっきりさせたがる斎院の性格は分かっているつもりだったが、なにも嵩那に頼まずとも他に人はいそうなものだ。仮にも内親王を母に持つ高貴な親王だというのに、まるで放免（検非違使庁で使役される下司）のごとき扱われようである。

伊子のそばで話を聞いていた千草が首を傾げた。

「それにしてもあの夕麿様が、そんな器用な真似をなさいますかね？　他に通う女人ができたのは二十五歳の殿方として分からないでもありませんが、それを姑息にごまかそうとしますでしょうか。したとしても北の方に強く問い詰められたら、すぐに襤褸を出してしまいそうな気がするのですが」

所用があったために千草は斎院御所に同行しなかったのだが、伊子はもちろん詳細を彼女に話していた。

千草の疑問に嵩那は、うんと低く唸った。

「別当殿は近頃には珍しいほど心優しい青年だ。知ってしまえば細君が傷つくと考えたのやもしれぬ」

「えーっ、そんなのおためごかしですよ」

容赦なく千草は言った。

「そもそもの原因を自分で作っておいて、その言い草。それこそ盗っ人猛々しいというものですわ」

四度の離婚をしている身として思うところがあるのか、千草はどこまでも辛辣だ。とはいえ言い分は的を射ている。自分が原因を作っておいて〝傷つけたくない〟という言い分はまさしくおためごかしである。

「別に私がそう思っているわけではないよ」

なだめるように嵩那が言った。

「だが本気でそう思っている男はいるし、女人のほうも、ばれないようにしてくれれば浮気もかまわないと言っている者はいる」

こちらの言い分も筋は通っている。嵩那が例にあげたような男女が恋人同士になったのなら、それは当事者同士の問題で周りがとやかく言うことではない。

とはいえ――伊子は脇息から身を起こした。

「されど弟の北の方は、さように考える女人ではございませぬ」

そもそも少しでも疑いを持たせた段階で、傷つけたくないという理屈は通らない。露ほども気づかせずにいることができて、はじめてその言い分は通るものだ。

「それゆえ恋人にかんしての真偽を確認したうえで、いったい北の方がなにに怒っているのかを、弟にはっきりと伝えたほうがよいと考えたのです」

伊子の主張を聞いた嵩那は、うんうんと首を縦に揺らした。

「それが賢明です。だいたい人に素行調査を命じる前に、本人に訊くべきですよね。姉上はすべてにせっかちすぎるのですよ」

日頃の鬱憤も込めてか、恨みがましく嵩那が言ったときだった。衣擦れの音をさせてやってきた女房が、実顕の来訪を告げた。

「え、早くない？」

千草が驚きの声をあげる。

「それが思ったよりも仕事が早く片付いたとかで、今からお伺いしたいと」

「では、私はこれで……」

立ち上がりかけた嵩那を伊子は引き留めた。

「私どもと一緒に、弟の話を聞いていただけませんか」

「はい？」

御簾のむこうで嵩那は訝しげな声をあげる。とうぜんだろう。身内間での立ち入った話に第三者を同席させるなどあまりない。まして話題といえば、実顕と暁子の恥にもなる内容だ。もっとも暁子が斎院御所に駆け込んだ段階で、もはや身内だけの話ではなくなっているのだが。

「私は身内ですからどうしても甘くなって、弟の言うことを鵜呑みにしてしまいそうな気がするのです。その点で宮様であれば、同世代の同性として客観的な判断がおできになるでしょうから」

伊子の説明に、嵩那は納得した。とはいえ浮気の真偽を確かめる場に第三者が同席していては実顕も体裁が悪いだろう。そこで嵩那には母屋に入ってもらい、実顕から見えないように几帳の陰に身を潜めてもらうことにした。

慌しく細工を終えたところで、間合いよく実顕がやってきた。

黒の闕腋袍をがさがさといわせながら、先ほどまで嵩那が座っていた席につく。

「ごめんなさいね、とつぜん呼び出して」

「いえ、お気になさらず。私も姉上にお伝えしたいことがあったものですから」

そう言ったときの実顕には、特に変わったところは見られなかった。

「私に？」

「はい。先日預かりました女房のことです」

その言葉に伊子は、当初の目的も忘れて身を乗りだしてしまった。

「右近のことですか？　あの娘になにか問題でも？」

「いえ、さようなことはありません。女房頭から聞いたところ、明るい性質ではなくとも言われたことはきちんとこなして、これといって問題もなく過ごしているようです。彼女にかんしては姉上がずいぶんとお心を煩わせておられたようなので、そのことを是非ともお伝えしなければと思いまして」

伊子は胸を撫(な)で下ろした。

やはり右近も、どこかで自分を変えたいと願っていたのだろう。まだひと月も経っていないので断定はできないが、自分を敵視しない人達の中で、彼女が少しずつでも健全な精神を取り戻してくれればと切に願った。

「ありがとう。心から礼を申します」

「いえいえ。それよりも姉上のご用件のほうはなんですか？」

訊かれて伊子はわれに返った。右近にかんする報告に安心して、うっかり最初の目的を忘れかけていた。

気を取り直し、伊子は口調をあらためた。

「あなたの北の方の件です」

御簾むこうで、実顕はぴたりと動きを止めた。一拍置いてのち、彼は御簾にへばりつくように顔を寄せた。

「さ、暁子(さとこ)!?　姉上はなにかご存じなのですか？」

「ええ、図らずも……」

「どこにいるのかご存じですか？　実は一昨日から寺参りに行くと言ったきり行方(ゆくえ)が知れないのです」

晩子の推測通り、やはり実顕は妻の家出に気づいていたようだ。それだけ後ろめたいところがあるということなのだろう。

「殿方はお入りになれぬ場所です」

伊子の答えに、実顕はびくりと肩を揺らした。

「ま、まさか尼寺とか……」

「斎院御所です」

実顕はしばし呆けたようになり、やがてしどろもどろに言葉をつむぐ。

「えっと…、姉上がお連れになられたのですか？」

「私はなにもしておりません」

むしろ巻きこまれた側だ。そう声を大にして言ってやろうかと思ったが、右近の件があるので面倒をかけたのはお互いさまだと思い直して止めた。実顕も伊子と斎院が旧知であることは知っているので、そこから伊子の関与を思いついたのだろう。

「女房同士が縁故だと、斎院様が話しておられました」

「それは、私も存じておりますが……」

それでも事態がつかめないでいる実顕に、単刀直入に伊子は言った。

「北の方は、あなたが他に通う女人ができたと憤っておられましたが……」

「誤解です！」

実顕は間髪を容れずに否定した。

「その件にかんしては、暁子から幾度も訊かれました。そのたびに否定していたというのに、なぜこんな軽はずみな行動を――」

御簾のむこうで実顕は声を震わせた。

弟のその言動に、伊子は微妙にいらついた。

なるほど。確かに軽はずみにはちがいない。しかしそれだけ否定を繰り返しても、納得できる答えではなかったから、暁子は家を出たのだ。

若くても暁子は子供ではない。単純に否定を繰り返すだけで、鵜呑みにできるはずがないのだ。確かに家出という行動は非難されるべきかもしれないが、そのあたりを実顕が気づいているものかどうかを、伊子は疑問に思った。

「では、他に女人の世話をしているわけではないのですか？」

「暁子のような優れた妻がいるのに、浮気などするはずがないではありませんか」

申しわけないが聞き違えたのと思った。

斎院御所での人目も憚らぬ憤慨ぶりを目の当たりにした伊子からすれば、暁子は溌剌とした愛らしい女人ではあっても、優れた妻という印象ではなかった。人様の奥方になにを失礼なことをとは思うが、幸いに実顕に気づいた気配はない。

「私が毎朝どのような思いで参内に赴いているのか、姉上には想像もつかないでしょう。日中仕事をしている間も常に暁子のことを考えては、あの花のかんばせを見たい、小鳥のさえずりのような愛らしい声を聞きたいという衝動にかられているのです。すべての仕事を終えて車に乗りこんだときの気持ちといったら、これで暁子と太郎の顔が見られるという喜びが胸にあふれかえっているのですよ」

「………」

この弟は毎朝そんな気持ちで参内をし、毎夕そんな思いで御所を後にしていたのか。

愛妻家はけっこうだが、公達ならせめて言葉だけでも心より主上にお仕えしていると言うべきだろう。伊子はあくまでも女官のみを取り仕切る立場だが、自分が実顕の上司だったら叱りつけているだろうと思った。現実的なことを言えば、実顕は兼任する右衛門府も検非違使庁でもともに長官という立場なので上官は存在しない。

（お父様に言いつけてやる）

腹いせ紛れにそんなことを考える伊子の前で、実顕の暁子礼賛はつづく。

「一日千秋の思いで帰路につき、ようやっと着いた自宅の中門で、私を出迎えてくれる妻の愛らしい姿を見たときの至福の気持ちといったら——姉上にご想像いただけますでしょうか」

できるものか、そんなこと。

この場で立ちあがって奥に引っこんでしまいたい衝動を、伊子は懸命に抑えた。

それにしても自分は、昨日からいったいなにを聞かされつづけているのだろう。夫婦喧嘩の仲裁のはずだったのに、事実上それぞれののろけを聞かされているようなものではないか。

気持ちは同じとみえて、千草も思いっきり白けた表情で屋根裏の梁を眺めている。四度の離婚暦がある彼女からすれば、聞くに堪えないお花畑な世界なのかもしれない。几帳の陰にいる嵩那がどんな反応をしているのかも気になったが、あいにくここからでは見えなかった。

ひとしきり妻への愛を語ったあと、実顕はきっぱりと言った。

「私の暁子は完璧です」

「…………」

自分の弟が、まさかこんな人間だとは思わなかった。

話を聞き終えた直後は、もうそれしか感想が思いつかなかった。

もちろん、ここでめげて終わってしまっては後がつづかない。伊子はなんとか気を取り直した。

「分かりました。北の方には私からもう一度、あなたの気持ちを伝えてみましょう」

「いえ、いまからでも私が斎院御所に参ります」

「いま行ったところで、おそらく北の方は出てきませんよ。無理やりなことをしても寝殿のほうに逃げられてしまえば、それこそどうにもできなくなります」

不浄を忌避(きひ)する斎院御所において、客人が入れるのは客殿までである。斎院達が住まう奥の寝殿に部外者は入れない。

感情に任せた行動をしないように、そう釘をさしてから伊子は言った。

「いま北の方が欲しておられるのは、勢いだけの情熱ではなく、はっきりとした証(あかし)のある真実(まこと)です」

でなければ、ただの水掛け論で終わってしまう。

話を聞いたかぎり、実顕と暁子がたがいに深い愛情を持っていることはまちがいない。だからといって浮気をしないかというと、そうでもないところが人間の不可思議なところである。愛しているからこの人以外は見向きもしないという理屈は、残念ながら成り立つ人と成り立たない人が存在する。愛しているのはあなた一人だから浮気は罪ではないと、禅問答(ぜんもんどう)のような言い訳を本気で口にする人間もいるのだ。実顕がそうだとは思いたくはないが、現実にそんな戯言を述べるのは圧倒的に男側に多い。

勢いだけの情熱という伊子の指摘に、実顕はいたく傷ついたようだった。

御簾のむこうでがっくりと項垂れる弟に、さすがに伊子も少し口調を和らげた。

「とはいえ浮気をしたことを証明するのは簡単でも、浮気をしていないことを証明するのは難しいですものね」

「だから、していませんってば！」

実顕は抗議するが、これといった証拠がなければあの状況の暁子を納得させるのは難しいだろう。なにしろ偶然居合わせただけの、まったく関係のない祐子にまで猜疑の念を向けてしまうぐらいなのだから。

（あの娘も、少し追いつめられているのかもしれない……）

斎院御所で対面したときは軽率だと呆れもしたが、いまになって考えれば、二十歳そこそこの若い娘が、夫の浮気疑惑に泰然自若と構えていられるはずがない。

「とりあえず……」

ひとつ咳払いをしてから伊子は言った。

「あなたの気持ちは、かならず北の方に伝えます。なれど昨日の今日のことですから、もう少し時間をあけて様子を見ておあげなさい」

がっくりと項垂れたままで実顕が帰ると、待ちかねていたかのように几帳の陰から嵩那が出てきた。

「いやはや、別当殿のところが、あのように仲睦まじいご夫婦だったとは……」

羨むとか微笑ましいとかよりも、むしろ物珍しいものでも見たような表情だ。

千草に至っては完全に呆れ顔だ。

「あれじゃあ浮気なんて疑いようがないでしょうに。あんがい北の方は夕磨様の愛情が重くなって、理由をつけて飛び出したのではありませんかね」

「それはありません」

きっぱりと伊子は言った。千草は斎院御所に来なかったから知らないでいるが、連れあいが大好きだという点で、あの夫婦はたがいにひけを取らない。重さという点でもどっこいどっこいだ。

「宮様、いかがでしたか？　弟は浮気をしておりますでしょうか」

あらためて伊子は嵩那に尋ねた。あそこまでの情熱を見せつけられた上でいまさら愚問のような気もするが、一応そういう約束でいてもらったのだから意見を求めないわけにはいかない。

「……嘘をついているようには見えませんでしたが」

そう答えたあと、嵩那は首を捻った。

「しかし別当殿の言うことがまことであれば、北の方はなにを根拠に通う女がいるなどと思ったのでしょうか？　一日千秋の思いで毎日帰路についているのでしょう？　それが本当ならば女のもとに通う隙などないでしょうに」

「いや、それは多少大袈裟に言ってはいると思うのですが……」

でなければ御所でたびたび開かれる、夜の宴にも参加していないことになる。実顕はそのあたりの席にはたびたび顔を出しているし、人付き合いも良いと評判だ。

ただ日頃をそのように疑わしいところなく過ごしていると、客観的には些細なことでも不審を持たれてしまうことも考えられる。これが日頃から怪しいことばかりしている者だといつものことで済まされてしまうのに皮肉な話である。

（だから寺参りも、局に引きこもることも怪しまれたというわけね）

暁子の訴えを聞いたときは、女より身軽な男であればそれぐらいは普通にするだろうと思った。まして仕事を持つ男であれば、家でも書き物や調べ物ぐらいはするはずだ。

しかし元々の生活が先ほどの告白のようであれば、疑いが生じてもしかたがない。そのあたりをうまくやれないところが、遊びなれぬ証拠なのかもしれないが。

「ひとまず北の方には文を書きますわ。弟がたいそう心配していることと、私どもから見ても浮気をしているようには見えなかったということをお伝えしましょう」

ため息交じりに伊子が言ったあと、御簾のむこうで女房が、文が届いたことを告げた。

「どなたからですか？」

「斎院御所からでございます」

伊子も嵩那も、同時に身を乗り出した。千草が御簾(みす)の際で文を受け取り、伊子のもとに持参する。実用的な陸奥紙(みちのくがみ)を用いた文はけっこうな分厚さだった。もどかしい思いで包みを開き、差出人を探す。

「北の方からだわ」

斎院か暁子のどちらかだろうとは思っていたが、昨日会ってさんざん話を聞かされたばかりだというのにいったい暁子はなにを書いてきたものか。あるいは一晩たったことで頭が冷えて、昨日の感情的なふるまいを反省して家に帰るとでも書いていてくれればよいのだが――。

希望的観測で文を読み進めていた伊子だったが、次第にその表情は険しくなり、読み終えたあとはがっくりと項垂(うなだ)れていた。

「いかがなさいましたか？　もしかして姉がまたなにか？」

不安げに嵩那が訊いた。文は暁子からだが、斎院御所から出されたものなので日頃の暴虐振りから斎院の関与を懸念したのかもしれない。

しかし伊子は、そうではないと首を横に振った。

正直そのほうがましだった。というより箱入りの暁子が、斎院の傍若無人ぶりに音を上げて、家に帰ってくれることをひそかに期待していたのだが――。

「弟の浮気相手が分かったそうです」

「はい!?」

嵩那と千草は同時に声をあげた。

いま寸前まで総意で浮気はないとなっていたのだから、とうぜんの反応だ。

「だ、誰ですか？」

信じられないという表情の嵩那に、伊子は眉間にしわを寄せて答えた。

「菅命婦、『玉響物語』の作者です」


翌日、伊子はふたたび斎院御所にとむかった。

一日空けただけのつづけての外出願いも、相手が斎院だというとあっさりと帝の許可は出た。

『義母様はまことに、あなたのことが大好きとみえる』

斎院の養子でもある帝は苦笑混じりに言ったが、今回にかぎりは伊子のほうから願っての行動だった。しかしそれを正直に言うと良い顔をされないだろうから、ただ斎院御所に行きたいとだけ願いを出すと、周りはいつものごとく斎院の強引な呼び出しがあったのだろうと解釈したようだった。

「これも斎院様の、日頃の行いの悪さの賜物ですね」

今回は同行となった千草が、牛車の中でとんでもない暴言を吐いた。

斎院御所に到着すると、客殿にはすでに斎院と暁子が待機していた。斎院は母屋の御座所に陣取り、暁子は伊子と同じ廂の間に控えている。

斎院の装いは淡朽葉に朱の紅葉を織り出した、二陪織物の小袿。対して暁子は、一昨日の小袿の装いとは変えた女房装束である。黄と丹の五つ衣に朱色の単という黄櫨紅葉のかさねは、彼女を十代の娘のように愛らしく見せていた。

「わざわざ御足労いただき、まことに申しわけございません」

伊子の顔を見るなり、暁子は深々と頭を下げた。

あまり寝ていないと見えて、目の下にはうっすらと青黒いクマのようなものが現れていた。それでもやはり若さの証明で、頬のあたりはぴちぴちしている。これが自分だったらげっそりとやつれて目も当てられないにちがいない。などと自虐的なことを思いつつ、伊子は暁子のそばに座った。

「お気になさらず。それで、なにがきっかけで菅命婦のことを?」

単刀直入に裄子の名を出すと、暁子はぶるっと肩を震わせた。

まずかったかと思ったが、幸いにして暁子は荒れたようすは見せずに自らの傍らに置いていた箱を伊子の前に差し出した。

「ご覧くださいませ」

暁子に促されて漆塗りの蓋を開くと、ぎっちりと仮名文字が記された料紙の束が納められていた。

「これは?」

「『玉響物語』前編の草稿です」

そう答えたあと暁子は、こみあげる感情を抑えるように唇を引き結んだ。

その暁子に代わるように斎院が言った。

「『ものがたりの府』の女房が、三の姫に写本を依頼した。後編ではなく前編を渡したのは、姫君が『玉響物語』を未読だとおっしゃったからじゃ」

一昨日納められた後編の写し作業はすぐにはじまっていたが、前編にかんしても手に入れられていない者が都にはあふれているから、写本はまだ需要があるのだった。

「大君、その手蹟に覚えはないか？」

斎院の問いに、伊子は怪訝な表情のまま一番上の料紙を手に取る。

（なんだろう、そういえばどこかで……）

しばし考えたあと、はっと閃く。

「え、実顕？」

公ではあまり口にすべきではない本名を、うっかり口にしてしまった。

料紙に記された仮名文字は、実顕の手蹟によく似ていた。

「さようじゃ」

斎院の言葉に伊子は料紙から顔を上げる。

「と言ってもわれは別当殿の手蹟など存ぜぬが、三の姫が夫君の手蹟で間違いないと断言しておる」

暁子に視線を移すと、彼女はこくりとうなずいた。膝の上で握りしめた両手が、かすかに震えていた。

ここまできても伊子は、事態をよく把握することができなかった。

『玉響物語』の草稿を、なぜ実顕が記しているのか。確かに祈子は手に怪我をして代筆を頼んでいると言っていたが――。

「あ……」

伊子が短く声を上げた。

「つまり萱命婦のために、弟が代筆をしてあげたということですか」

「さようなことになるであろうな」

ため息交じりに斎院は言った。

実際、それしか考えられなかった。草稿とは作者が書いた元々の原本である。となると萱命婦が口から紡いだ物語を、実顕が彼女の側で筆記したという形しか考えられない。

ここにきて暁子は、ついに声を震わせた。

「ひと目で、すぐに夫の手蹟だと分かりました。さりなれど任せられたことはきちんと果たさなければなりませぬ。しかたなく物語を書き進めているうちに、この作品が萱命婦から私への挑戦状だと気づきました」

「はい？」

伊子と千草は、同時に声をあげた。

代筆を請け負っていたということから、実顕と絎子のただならぬ関係までは想像できるが、なぜ『玉響物語』が挑戦状ということになるのだ。

「尚侍の君様は、まだ『玉響物語』をお読みではないと仰せでございましたね。一度お読みになっていただければ分かります。この物語に出てくる蘭の上は、本妻である私を蔑むために作られた人物にちがいありません」

そう言われてみれば女房達が、蘭の上という北の方がずいぶんと憎らしい存在のように話していた気がする。物語はあくまでもつくり物だが、少なからず筆者の人生や経験は反映されるだろう。政治批判の漢詩などは、明確な意図を持って現実を当てこすっているはずだ。ならば絎子が自身の日陰の身という鬱屈を、物語に書くという形で発散させるということは考えられるだろう。

もちろん暁子がなにも気づかなければ、彼女にとって『玉響物語』はただの物語で終わっていた。あんがい絎子にも暁子に当てつける気持ちなどなく、鬱憤晴らしのつもりで書いただけかもしれない。

だが暁子は気づいてしまった。夫の異変を感じ取った彼女は、見てみぬふりをして過ごそうとは思わなかった。他に通う女人がいるのかと追及し、否定されつづけた結果、家を飛び出してしまったのだ。

これはいったい、どうしたものか。

伊子は途方にくれた。

斎院は気難しさと面倒くささを交えた表情で、しばらく眉間を押さえていたが、やがて思いついたように指を離す。

「さようなことであれば、いたしかたない。三の姫。ひとまずは『玉響物語』ではなく別の物語を写本いたすがよい」

「いいえ。ここでお世話になるかぎりは、求められたことを致します」

存外にしっかりした暁子の答えに、伊子は目を瞬かせた。

ふっくらとした唇をきゅっと引き結び、怒りと哀しみを湛えた瞳で毅然と正面を見据えている。

そこに彼女の誇り高さを感じた伊子は、靄が晴れたように暁子の心境を見た気がした。

暁子は実顕に通う女がいることに怒っているのではない。いや、もちろんそれも面白くはないのだろうが、それを誤魔化そうとする夫の態度――厳密に言えば、誤魔化せる相手と見くびられていることに腹を立てているのだ。

その気持ちは理解できた。男女に関係なく成人した人間が子供のように扱われたら、誇りを傷つけられてとうぜんだ。

だが、そのうえでどうしても疑問だったのは、あの人の好い実顕が妻に対してそんな感情を持つかということだった。以前に暁子が述べたように、人から侮られることはあっても人を侮るような人間ではない。

伊子に対しても、悪びれたふうもなく嘘をついていたことになる。なにしろ実顕は堂々と自分には暁子しかいないと言ったのだ。日頃の姿を知っているだけに、そのふるまいは信じがたいものだった。

とはいえ誤魔化すことに長けた人間ではないから、本人にそのつもりがなくても結果として暁子を怒らせてしまったということもありうる。

いずれにしろ祐子との関係が疑いようのないものとなったいま、暁子が本当はなにに対して怒っているのかをきちんと実顕に伝え、誠意を持って当たらせることが最善かもしれないと伊子は考えたのだった。

伊子が御所に戻ってくると、まるで待ちかねていたように嵩那が駆けこんできた。

「左兵衛督の従者が、別当殿が五条の菅命婦の家に入って行くところを見たと——」

すでに承知していたこととはいえ、やはり伊子は衝撃を受けた。しかも官吏の従者に見られたというのなら、このあと御所中に知れ渡ることは必至だ。いや、嵩那の言い方からして、もう広まっているにちがいない。

「とどめを刺されましたね」

気落ちというより、むしろ呆れ果てたように千草が言った。

伊子は深いしわが刻まれた眉間をもみほぐし、御簾むこうの嵩那に問うた。

「それで、弟はなんと申しておりますのでしょうか？」

「それがご本人は、今朝から物忌みで……」

せっかくほぐしたばかりの眉間に、またしわがよった。物忌みは意図的なものではないだろうが、なんという最悪の間であることか。これで数日間、実顕は参内ができない。必然真相を確かめることも、弁明を聞くこともできなくなってしまう。そうこうしているうちに、暁子の機嫌はますます損なわれてゆくだろうに。

それに伊子自身も、実顕を追及することができなくなった。

欺かれたことは腹が立つが、あの弟がそこまで嘘を貫き通すからには、なにか理由があるはずだ。叱り飛ばすのも愛想をつかすのも、ともかく本人から話を聞いてからだと思っていたのに――。

「その、それで北の方はどのように――」

思いっきり不機嫌なことが、御簾を隔てても伝わったのだろう。ずいぶんと遠慮がちに嵩那は訊いてきた。

伊子は気を取り直し、斎院御所での暁子の言い分を伝えた。

つまり『玉響物語』の草稿の手蹟が、実顕のものであったこと。それを知ったうえで読むと、本妻に対する愛人の当てつけとしか思えない内容であることなどをだ。

すべてを聞き終えた嵩那は、驚きのあまりしばらく物が言えないでいるようだった。

「……なんと、まったく存じませんでした。世間の話題をさらうあの『玉響物語』が、そのような思惑のもとに書かれた物語であったとは」

そこで嵩那は一度言葉を切った。

「もっとも私は未読でございますので、なんとも言えませんが」

「それは私も同じでございます。それゆえ北の方から、一度目を通すようにと前編を渡されてしまいました」

伊子は苦笑した。斎院御所を出るときに、暁子からなかば強引に渡されたのだ。一昨日草稿が収められたばかりの後編は、鋭意（？）写本中で貸し出す余裕はないが、前編ならばいくらか余裕があるそうだ。

自分が読むことになんの意味があるのかとも思ったが、それで暁子の怒りが紛れるのならばしかたがないとしぶしぶ受け取ったのだ。

物語の中でまで、ままならない恋など読みたくない。そう考えて『玉響物語』を読むことを頑なに拒否していた伊子だったが、さすがにあの状況の暁子を相手に断ることはできなかった。

「大君にそのようなことを？」

訝しげに首を捻ったあと、確認するように嵩那は言った。

「確かその物語は、中流の身分にある女人が、貴い身分の正妻の存在にわが身のはかなさを思い知らされるというものでしたよね」

「そう聞いております」

「ならば北の方は、大君なら分かってくれると思ったのやもしれませんね。その正妻殿の気持ちが」

嵩那の意見に、なるほどと伊子は思った。

左大臣の一の姫という生まれの伊子が、玉響の方と同じ立場になることはまずない。それは権大納言の姫である暁子も同じだ。

いっぽう斎院御所に仕える女房達は、ほとんどの者が中流の出身。つまり玉響の方と同じ立場にある。作品を読んでいないので断定はできないが、心情的にも彼女達は玉響の方に肩入れをするだろう。逆に言えば蘭の上には、どうしたって反発気味になる。

──ぬけぬけと継室の座におさまった蘭の上が憎たらしくてなりませぬ。

──世間知らずの姫君で、悪意がないからかえって腹が立つのよね。

御所での女房達の感想を思いだし、伊子は目から鱗が落ちた気持ちになった。

では暁子は伊子に共感をして欲しくて、あのように強引に『玉響物語』を渡してきたのだろうか。中流の出である女房達に、蘭の上の辛さを話しても頭から否定されてしまうだろう。しかし左大臣の姫という立場の伊子であれば、そう期待したのかもしれない。

「なるほど。であれば、私でも少しはお慰めができるかもしれませんね」

夫の姉という立場の伊子に、そんな期待を抱くものかと疑問は残るが、ひとまず『玉響物語』には目を通してみようと考え直した。

伊子の言葉に嵩那は安堵したような口調で言った。

「ぜひそうしてさしあげなさい。こういう場合に必要なことは、理詰めの説得ではなく共感なのですから」


その夜からさっそく『玉響物語』を読みはじめた。

最初こそ気乗りしなかったものの、大殿油（おおとのあぶら）の明かりの下で一枚一枚紙面をめくってゆくうちに、伊子はたちまち物語の中に引きこまれていった。

さすがに当代一の人気作家だけあり、その筆力には目を見張るものがある。装飾過多過ぎない美文。読むものをぐいぐいと引きこむ展開。美しい場面描写と共感しやすい心理描写。現実味があるのに個性的な登場人物の数々。

女房達が語るように、玉響の方は確かに非の打ち所のない女人だった。才色兼備（さいしょくけんび）のうえに奥ゆかしく、中流の出ながらも内親王に勝るとも劣らぬ気品だと描写されている。比べると蘭の上はあまりにも幼く、思慮（しりょ）に欠ける部分も多々ある女人だった。しかも彼女の言動のほとんどは、悪意ではなく世間智のなさからくるものだというのがやけに現実的だ。

高貴な身分に生まれた蘭の上は、玉響の方を歯牙（しが）にもかけていない。彼女の父親がそうだったから、身分のある夫に他の女がいることをとうぜんのこととしか捉えていなかった。ようするに蘭の上にとって玉響の方は、別荘に仕える家人程度の存在でしかなかったのだ。

確かにこれは、中流の女達からすれば反発を買う存在だろう。

作者の裄子の背景を考えると、暁子が自分に対する当てこすりだと受け止めてもしかたがない。しかもそれを夫である実顕が代筆しているのだから、屈辱（くつじょく）は並大抵のものではなかっただろう。

だが伊子は、女房達のように蘭の上のことを嫌いにはなれなかった。彼女自身がまだ若年だというのもあるが、むしろ玉響の方に対してことさら繰り返される〝身分さえおありであれば〟という表現のほうが鼻についてしかたがなかった。

物語に対してこんなふうに思うことがそもそも妙ではあるが、たらればも過ぎれば虚しさしか残らない。それに玉響の方も身分が低いからこそ侮られぬようにと、おのれの美貌や教養に磨きをかけたところも大きいように伊子には思えるのだ。

しかしなんのかんの腹を立てながらも、最後まであっという間に読ませてしまうのはさすがの筆力だ。不本意ながら、続きが気になってしかたがない。

「写本がはじまったのが一昨日からだから、しばらく回ってこないわよね」

斎院御所に催促すれば少しは融通を利かせてくれるだろうが、前からの愛読者が心待ちにしている中でそんなことをするのは気が咎める。ここは素直に回ってくるのを待つしかないだろう。

ひとまず暁子に感想を送ろうと、伊子は硯箱を取りだした。

文机の上に紙を広げて、どういうふうに書いたものかと思案を巡らせる。目的は自分の感想ではなく、暁子を慰めることだ。それには蘭の上側に立った感想を書けばよいのだろうが、さりとて一方的過ぎるものも白々しい。あまりに露骨な気遣いを匂わせれば、かえって気を悪くするかもしれない。

「う〜ん、どう書こうかな」

筆の柄をこめかみに押しつけ、伊子はうなった。

伊子自身は立場が近いので蘭の上の気持ちを考えて読むことができたが、客観的にみればどうしたって玉響の方に肩入れをするのが普通だ。現状では身分と若さ以外、蘭の上が玉響の方に勝っているところはない。

後半の展開は分からないが、物語があくまでも玉響の方を中心に動くのなら、二人の女人の技量差はますます開いてゆくものだろうか？　あるいは玉響の方を意識しはじめた蘭の上が、女人としての徳を積むことを意識しだせば、恋敵の背中が少しは見えてくるものかもしれないが。

「しかし、それも腹が立つわね」

伊子は独りごちた。女人にかぎらず徳を積むことは人として大切だが、浮気という妻に対する大きな不誠実を成している夫の心を取り戻すためだと思うと納得できない。

実際に暁子は、自分の身を省みるのではなく家を飛び出した。

「いっそのこと蘭の上も、飛び出してしまえばいいのに」

もしも後編がそんなふうに進んでいたとしたら、これはもう疑いようなく、祐子の暁子に対する当てこすり以外なにものでもない。

「でも後編は、一昨日には仕上がっていたわね……」

暁子が斎院御所に飛びこんできた日と、祐子が後編の草稿を納めに来たのは同じ日である。単純に考えても、暁子の行動を物語の中に落としこむことは不可能だ。となると現実のほうが先に、しかも大胆に物事が進んでいるというわけだが、少なくとも後編の展開に暁子がさらに怒ることはなさそうだ。

「さて、どう書いたものか……」

文台を前にしばらく思案していた伊子だったが、どうにも良い文章が思いつかず、ついに筆を戻した。思いついたことを取り留めなく書きつけるくらいなら、少しくらい遅くなっても熟慮した文を渡したほうが良いはずだ。そう考えて硯箱の蓋を閉じることにしたのだった。

翌日。帝の朝御膳への奉仕を終え、いったん承香殿に戻ろうとした伊子を嵩那が追いかけてきた。本日は深紫の束帯ではなく、小葵紋を織りだした白の冠直衣姿である。直衣姿での参内ができる雑袍勅許は、高い身分の者にのみ許される特権だった。

「今朝早く、姉上から呼び出されまして……」

「参内の前に、紫野まで行かれたのですか!?」

なんとも足労なことに、伊子は驚きの声をあげる。

「ええ、なにしろ国家の安寧を掌る神（上・下賀茂神社の神は、王城鎮護の神として共に尊重された）にお仕えする、貴き巫女様のお望みでございますから」

ものすごく嫌味ったらしく嵩那は言った。どういうふうに呼び出されたのか想像ができたが、嵩那と伊子が斎院の強引な誘いを断らない理由は、なんのかんのいっても彼女の呼び出しが重要な案件である場合が多いからなのだ。

そのうえで身内のよしみなのか、嵩那は伊子の倍は粗略に扱われている気がする。あるいは姉と弟という関係などこんなものなのか？

（いくらなんでも私は、もう少し実顕のことを大切に扱っていたわよね？）

七歳も歳がちがうので、正直に言えばそれほど親しんでいた弟ではなかった。妹ならもう少し変わってくるのかもしれないが、むしろ出仕をはじめてからのほうが親しむようになった気がする。もっとも嵩那と斎院も、確か五、六歳は離れていたはずだが。

「して、斎院様のご用向きとは？」

「それです！」

どういった意味を持つのか、嵩那は人差し指を顔の前に立てた。

「『玉響物語』の後編についてでした」

昨夜そのことを考えていただけに、まさしく昨日の今日の話題であった。

「姉上の話によると、中将の君に愛想を尽かした蘭の上が、御所で出仕をはじめるという展開になったそうです」

伊子は耳を疑った。暁子の行動が後編の物語の中に落としこむことは、時間的に考えてありえない。そう考えたばかりだ。しかし偶然だとしたら、あまりにも出来過ぎている。

（いったい、どういうこと？）

気難しい表情で考えこむ伊子に、遠慮（えんりょ）がちに嵩那は言った。

「あの、結末まで話してしまっても大丈夫ですか？」

一瞬なにを言っているのか分からなかったが、すぐに『玉響物語』の展開についてだと悟った。確かにまだ読んでいない物語の結末を聞かされるのはしんどいものがある。まして心ならずも後編を楽しみにしていたのだ。

とはいえこの場合、そんなことも言っていられない。

「かまいませぬ。それで蘭の上はどうなるのですか？」

「いえ、蘭の上はそのまま宮仕えをつづけます。それで玉響の方は、ついに中将のお邸に迎え入れられる、という結末でした」

なんだ、その悪意に満ちた終わり方は。

読者のうち大方を占める玉響の方贔屓の者達にとっては大喝采の結末だろう。しかし蘭の上寄りの人間としては、舌打ちすらしたくなる。第三者である伊子ですらこんな気持ちになるのだから、暁子にいたっては草稿を燃やしたいくらいの怒りに駆られているのではあるまいか。

「三の姫……弟の北の方は、後編には目を通されたのでしょうか？」

「いや、前編の段階でご本人も意地になってそっぽを向いておられますし、周りの女房も写本は前編だけをお渡ししているようです。姉上も、いくら偶然でもさすがにこれは本人に読ませられないと——」

「それはやはり、偶然なのでしょうか？」

伊子の問いに、嵩那は口をつぐんだ。疑問に思っているのは二人とも同じらしい。時間的には偶然しかありえないのに、この合致はどうしても釈然としない。

しばしの沈思のあと、嵩那が口を開く。

「あるいは別当殿が、北の方が斎院御所に行ってしまったことを菅命婦に話してしまったとか」

「弟は私が話すまで、北の方が斎院御所にいることを知りませんでした。それは宮様も一緒に聞いていてくださったではありませんか」

「……すみません、そういえばそうでしたね」

伊子が少しむっとして返すと、嵩那は素直に謝罪した。万が一にでも嵩那の言うとおりだとしたら、実顕は夫として最悪だ。妻が出て行った経緯を、その原因となった愛人に話すだなんて。

確かあのときの実顕は、妻と斎院の女房同士が縁故であることは知っていたが、そのつてをこんな形で使われるとは考えてもいなかったような態度だった。だから真っ先に伊子がそそのかしたのかと疑ったのだろう。冤罪も甚だしいが、だからといってよりによってあんな暴君がいる斎院御所に駆けこむとは、普通は考えない——。

(でも、あの愛妻家ぶりなら……)

こんな結果でそれを思うのも皮肉だが、実顕ほどの愛妻家であれば、妻がどういう行動を取るかは想像もできたのではないだろうか？　実際に寺参りという置き手紙だけで、本当は家を飛び出してしまったことに気づいていた。さすがに斎院御所とまでは考えなかったようだが。いずれにしろ子まで成した夫婦だからこそ思いつけたことで、他人ではとてもそこまで考えは及ばないだろう。

しかし裄子は物語作家だ。

作り物語とは、作者の知識と想像力を駆使して書き上げるものではないか？　彼女が暁子の人柄と交友関係をおりにふれ実顕から聞いていたとしたら、暁子が斎院御所に飛びこむ前にその行為を想像することもできたのかもしれない。

草稿を納めに来た段階での裄子の目的は、暁子を貶(おとし)めることではなく物語を面白くすることだったはずだ。裄子が暁子の実際の行動をどの程度予測していたのかは不明だが、実顕から聞いた話で暁子の言動を想像して面白おかしく脚色していたとしたら――その結果、物語の筋を暁子が追う形になることはありうる。

ここまで仮定を組み立て、伊子はいったん思いとどまる。

ちょっと難しく考えすぎていないだろうか？

もっと単純に、最初に立ち戻ってみよう。

そもそも暁子の実顕に対する不審を決定付けたのは、『玉響物語』の草稿が実顕の手蹟(て)によるものだったからだ。

大長編ではなくともそれなりに分量のある物語の代筆となれば、それなりの労働だ。気軽に引き受けられることではないし、ある程度親しくなければ請け負わないだろう。だからこそ暁子は二人の仲を疑ったのだ。夫と愛人が結託して、本妻である自分を貶める物語を書いていると憤ったのだ。

しかしあの人の好い実顕が、そんな男の屑のような真似をするものだろうか？　確かに『玉響物語』の前編は、暁子に対してかなり挑発的な内容だった。まして後編は、玉響の方と中将が結ばれるため蘭の上が追いだされるという展開だというのだから——。

（いや、一応蘭の上は自分から飛び出しているのよね）

読む側に後味の悪さを残さないための展開だろうが、蘭の上側に立って考えれば、それこそおためごかしである。あんがい蘭の上も、こんな夫から離れることができて清々しているかもしれない。

（そう考えると、あながち蘭の上も負けたというわけでも……）

自分で思いついたその言葉に、伊子は口許を押さえる。

「なにか思いつきましたか？」

伊子の顔をのぞきこむようにして嵩那が訊いた。

どういうつもりなのか、まるで我が意を得たように得意げだ。考えてみれば伊子はけっこう長いこと考えこんでいたのに、一度も急かすことなく黙って立っていたのだ。

伊子は大きくうなずいた。

「『玉響物語』の後編が読みたいのです」

なかなか我が儘な願いであることは承知している。前編が広まって以降、数多くの者が待ち望んでいる後編を、昨日前編を読んだばかりの自分が今日読みたいなどと、身分を笠にきた傲慢な行為だと受け取られてもしかたがない。そんなことは百も承知だが、この推測の真偽を確認するにはどうしても後編を読む必要があったのだ。

懇願する伊子をしばしきょとんとして見下ろしていた嵩那は、やがて口端を吊りあげてにこっと笑った。

「大君ならおそらくそう仰せだろうと、姉上から後編を預かってまいりました」

そう言って嵩那は、袂から一冊の草紙を取り出したのだった。

それから数日後。斎院御所にて『玉響物語』の論議が行われることとなり、帝の御所のほうでも女房達はその話題で大いに盛り上がった。論議とは文字通り、事物について優劣を論じて興じる物合に近い娯楽である。今回は『玉響物語』の優れた場面、登場人物を左右でそれぞれ出しあって論じあうことをするのだという。

「斎院御所の皆様が羨ましい。私達は未だ後編を手に入れてさえいないというのに」

「しかも判者は、作者の菅命婦が務めるそうよ」

「すてき。私ものぞいてみたいわ」

「こうなったら宿下がりを申し出て――」

「おやめなさいな。後編を読んでいないうちからそんなものに参加をしては、筋が分かって楽しみが失せてしまうわ」

「ならば後編が手に入ったら、私達も御所でやりましょうよ」

そんな女房達の興奮と羨望の声を聞きながら、論議の当日、伊子は千草とともに斎院御所にむかった。表向きは斎院からの招待ということになっているが、その実は開催そのものが伊子の企画であった。もちろんそんなことは口外していないので、御所の面々は斎院の強引な呼び出しにまたもや伊子が振り回されていると同情の目をむけてくれている。

さすがに斎院に申しわけないと思いながら客殿に入ると、甘やかな薫りがただよう廂の間にはすでに女房達が控え、論者を任された者達が左右に向きあって座っていた。

彼女達の中央奥の御座所には、脇息にもたれて悠然と構える斎院がいた。白と紫の糸で織った亀甲の地紋に、竜胆の紋様を織り出した二陪織物の小袿は手の込んだ非常に豪奢な品だ。

斎院のかたわらに控えていたのは、唐衣裳姿の暁子だ。強張った表情が彼女の現在の心境を如実に表していた。夫とその愛人が共謀して書いた物語の論議が始まるのだから上機嫌であるはずがない。そのうえすぐ目の前に、判者として裄子がいるのだ。本音では砂でもぶちまけて立ち去りたいぐらいの気持ちだろう。

いっぽうで裄子のほうはといえば、澄ました表情で動揺した様子はうかがえない。

実顕が彼女の家に出入りしていることが露見して以来、世間では〝高嶺の花たる萱命婦を落とした人物が、まさかの凡人・右衛門督〟とけっこう失礼な形で評判になっているらしい。あれだけ世間をにぎわせていることを裄子が知らぬとも思えないが、この泰然とした姿勢はどういうことだ。

（まあ萱命婦からしたら、開き直るしかないわよね）

なんともふてぶてしいことだと呆れたものの、すぐに伊子はそう考え直した。

果たしてこの二人の顔合わせを、周りを囲む女房達はどう思っていることやら。表向きは知らないふりをしていても、本心では好奇を抑えられずにいるにちがいない。

「大君、よくぞ参った。こちらに座られるがよい」

斎院が手招きに応じて、伊子は彼女の間近に席を得る。

「急な申し出にもかかわらず、このように立派な場を設けていただいてありがとうございます」

周りに聞こえぬように小声で礼を言ったあと、あらためて伊子は問うた。

「それにしてもいったいいかようにして三の姫を、この席に参加するように説得してくださったのですか？」

「造作(ぞうさ)もないことじゃ」

得意げに斎院は言った。

「物語の内容に不服があるのなら、論議の場で菅命婦を言い負かしてやればよいと申したのじゃ」

なるほど。暁子の負けん気をうまく利用したというところか。もっとも才媛(さいえん)と名高い桁子を論議で打ち負かすなど、なかなか容易なことではなさそうだ。弁が立つことと知識が豊富なことは必ずしも一致しないが、どちらかというと暁子は頭に血が上りやすそうな人間だ。

「そろそろ二人とも参るであろう」

斎院のささやきに伊子はうなずく。まったくわずか数日で、よくぞここまで手筈(てはず)を整えてくれたものだ。今回ばかりは斎院の強引な手法に感謝するしかなかった。並みの人間のように相手の都合を考慮(こうりょ)しながら事を進めていては、とてもこんな短時間では済ませられなかったはずだ。

そうこうしているうちに女房がやってきて、新たな来客を告げた。

「式部卿宮様と、右衛門督様がお出でになられました」

実顕の役職名に、暁子の表情は傍目にも分かるほど驚愕で歪んだ。だまし打ちをしたようで心苦しいが、事態を解決するためには致し方なかった。暁子が斎院にむける非難の視線に、伊子は気づかないふりをした。当の斎院はというとさすがなもので、動じた様子は微塵もなく大らかに語ってみせる。

「男女の仲の物語であれば、やはり女子だけが論者では一方的になりすぎるのでな。われと大君の縁で、それぞれの弟達に来てもらうことにしたのじゃ」

もっともらしい理由をつけても、暁子ははっきりと不満の色をにじませている。それでもいっこうに動じた気配を見せないあたりが、さすがの斎院様だ。

女房達はと言えば、露骨にざわついている。正室と側室の顔合わせに夫が加わるというのだからこれ以上の修羅場かつ見ものはない。

ほどなくして簀子に、二人の貴公子が姿を見せた。

女ばかりの場に来ても、嵩那のほうは慣れたものだった。なにしろ彼はさいさん姉に呼び出され、女人が多数を占めるこの斎院御所に足を運んでいる。

いっぽう不慣れな実顕は実に居心地が悪そうで、最初は所在無いように視線をうろつかせていたが、奥に暁子の姿を見つけるなり目を輝かせた。

「暁……」

「ささ、お二方とも席にお付きくださいませ」

斎院の一の女房が、無情に実顕の呼びかけを遮った。伊子のすぐ近くに几帳を置き、そこを彼らの席としている。几帳の間近に嵩那が座り、その横に実顕が腰を下ろした。

ほころび（几帳ののぞき穴）からのぞくと、ちょうどこちらを見ていた嵩那と視線が重なる。

「三の姫が参加なさるとお話ししたら、二つ返事で参加を了解なさいました」

几帳に身を寄せるようにして、嵩那がささやく。

自分が御所に呼びだしては大袈裟になると思い、今回は大内裏で顔をあわせる機会も多い嵩那に実顕を誘ってもらったのだ。

「すみません。手間を取らせて」

ひとつ頭を下げると、嵩那は分かっているとばかりに目配せを返した。嵩那の身体のむこうに見える実顕は、暁子のほうばかりを見ていて、こちらのやり取りなど気づいていないようだった。

進行役の女房が、よく通る声で手順の説明をはじめる。

「左方右方には、それぞれ議題に沿った場面、登場人物を出していただき、優れていると思う理由を説明していただきます。聴衆の皆様も天晴(あっぱ)れと思う意見がございましたらぜひ応援してさしあげてください。なお判じは、こちらにおいでになる萱命婦(みょうぶ)にお願いすることになっております」

女房の目の動きにつられるように、他の者達の視線もいっせいに祐子にと動く。しかし祐子には動じたようすはなく、泰然とした姿勢を崩さないまま言った。

「私などにいかほどのことができますものやら分かりませぬが、精一杯務めさせていただきます」

そこで祐子は一度言葉を切り、参加者全員を一瞥(いちべつ)するようにぐるりと視線を動かした。

「されど私は、皆様の意見に対しての見解は申しあげますが、物語に対する自分自身の見解は遠慮(えんりょ)させていただければと思います」

予想外の祐子の言葉に女房達がざわつく中、訝(いぶか)しげに斎院が問う。

「それはなにゆえじゃ。みなそなたから、『玉響物語』執筆の秘話や登場人物の本心を聞きたいと思うておるはずじゃぞ」

「さような情熱を持って愛読していただけることは、まこと作者冥利(みょうり)に尽きることでございます。さりなれど書き終わった作品は、もはや作者の手を離れております。解釈は読む人の心のままにというのが読書の楽しみであり、私の本意でございますゆえ」

なるほど、理のある言い分だ。物語を読み、この登場人物がなにを考えてそのような言動に及んだのかを想像し、人と論議することこそ楽しいのに、そこに作者から絶対的な正解を叩きつけられては確かに味気ない。物語作家としての裄子の姿勢を垣間見せる発言だった。

しかし伊子の推察が正しいとしたら、理由はそれだけではないはずだ——。

「それでは論議をはじめたいと存じます。まずは名場面から。左方は玉響の方が、中将の君が蘭の上を迎え入れたことに気づく『寒雷』の帖を。右方は玉響の方が幼馴染の紀伊守からの求婚に心揺れながらも、断ちがたい中将への想いを理由にそれを断る『陽炎』の帖をそれぞれにお選びです。先行は左方。いずれの場面がより優れているか、どうぞ心置きなく論をたたかわせてください」

開始の合図を皮切りに、先行の左方の女房が口火を切る。

「なんと申しましても長年お仕えしてきた中将の君が、自分に黙って継室を迎え入れていたと、よりによって人の口から聞かされたときの玉響の方の衝撃は筆舌に尽くしがたいものがございます。別の女人を妻としたことよりも、それを隠されていたことに深く傷ついた、この場面は女人の真の誇りを描ききった最高の名場面でございますわ」

納得できる言い分だ。暁子の憤りの理由に対して、伊子も似たようなことを考えた。暁子は実顕に他に通う女ができたことより、それを誤魔化せる相手と見くびられていることに腹を立てているのだと思った。

左の女房の力説に、今度は右の女房が口を開く。

「その場面も捨てがたくはございますが、紀伊守からの求婚を、玉響の方が毅然として断ったあの場面こそ白眉でございます。紀伊守は身分こそ受領ではございますが、人柄も容色も優れ、なにより玉響の方を北の方として迎えようとしておられました。守の北の方となったほうが幸せであろうと自身でも分かっていながら、真に愛する中将の恋人として恋の戦場に残る決意をした玉響の方の強さは、これぞ女子の本懐でございます」

こちらに対しても、おおよそ共感ができた。

身分のつりあいをのぞいても、玉響の方は奔放な中将よりも誠実な紀伊守を選んだほうが絶対に幸せになれたはずだと思う。正直に言うとこの玉響の方の選択は、読んでいて思わず「馬鹿じゃないの？」と独りごちてしまった。

とはいえそんな理屈では割り切れないところが、人の心の複雑さだ。その惑いをきちんと描ききったあたりが作者の技量であるにちがいない。

どう思ったのか、左方の女房がふんっと鼻を鳴らす。

「その優れた紀伊守の求婚を断るのですから、しょせん玉響の方も、殿方の地位の呪縛から離れられなかったということでございますわ」

「なんというさもしいことを！　玉響の方は中将の身分ではなく、お人柄そのものを愛していたのでございますのに」

いや、いくらなんでもそれは無理がある。そもそも人柄だけで言えば、紀伊守のほうが絶対に愛するにふさわしい。百人いれば間違いなく百人が同意するほど歴然としている。

人柄や素行に多少難があっても、見目麗しく高貴な男を望んでしまう。あるいは離れることができない理由はだいたいにおいて女の見栄だ。平凡な相手との心の安寧よりも、周りからの羨望の眼差しを選んでしまう。『陽炎』の帖は、そんな女の浅ましさや愚かさまでも容赦なく描ききったことも含めての名場面なのだと思う。

心のうちで異論を唱える伊子のそばで、千草が堂々と口から毒を吐いた。

「いますよね。たまたま好きになった殿方が親王や公達だっただけで、私はあの方が六位であろうと受領であろうとお慕いしていたとかいう白々しい女が」

確かにいる。しかもたいていの女はそんな言葉など信じないが、当事者である恋人の男は信じることが多い。ほんとうにお目出度い話である。

そのあとも論議の遊びは、合わせる対象を変えて白熱しつづけた。なにしろ論者達は斎院御所が誇る才媛ばかりなので、容易に相手の意見に屈したりはしない。

「やはり玉響の方の出家の決意を聞いて、ようやく彼女がかけがえない存在だと中将が気づいた『余寒』の帖こそ」

「いえ、ならば玉響の方の出家を止めるために中将が寺に押し入った『薄氷』こそ――」

などという具合に、どちらも譲ろうとしない。そのたびに論者以外の意見が求められたので、結論がつくまでいちいち長引いた。

夜もふけてさすがに論議の題材も尽きた頃、伊子はおもむろに口を開く。

「私もここでひとつ、皆様に論議していただきたいことがございます。特に作者である菅命婦のご意見を聞きとうございます」

祐子の表情が、驚きから困惑気なものに変わる。あたりまえだ。論議開始前にあれだけ自分の見解は述べないと念を押していたのにこの要求である。ここまで祐子は、最初に宣言したように女房達のやりとりを冷静に聞くことに終始していた。

伊子はゆっくりと首を横に振った。

「物語にかんして、あなたの論議を聞きたいわけではないの」

「はい？」

「お聞きしたいのは物語の中のことではなく、執筆にあたってのあなたの心構えです」

「私の、心構え？」

伊子はうなずいた。

「あなたはこの物語を、誰に読ませたいと思って執筆したのですか？」

「……誰と申されましても」

戸惑う祐子に対し、伊子は意識して表情を険しくした。

「正直に申しましょう。私はこの物語を読んで大変に不快でした」

「!?」

「この蘭の上とは、私のことなのではありませぬか？」

祐子はぎょっと目を見開いた。

二人のやり取りを見守っていた女房達も、いっせいにざわつきだした。

確かに左大臣の姫君で、最終的に宮仕えの道を選んだ蘭の上の半生は伊子のそれと重なる。もちろん年齢はずいぶんと若いけれど、あれだけ損な役回りにしたのだから伊子が気分を害してとうぜんという考え方もできるのだ。

さすがに焦ったとみえ、祐子は彼女には珍しく声を上擦らせた。

「ち、ちがいます。なにゆえ私が尚侍の君にそのような真似を——」

「なれば私のことですか？」

声を張りあげたのは暁子だった。

裄子の弁明を断罪でもしようとするかのように強い口調に、客殿の空気がいっきに剣呑なものになる。なにしろ女房達は、暁子と裄子が恋敵であることを知っている。ましてこの場には実顕もいるのだから、もっと早くから修羅場になっていても不思議ではなかったのだが――。

「北の方様？」

裄子はあっけに取られた顔をしている。

おびえるか開き直るかだろうと思っていたのに、裄子の反応はどちらでもなかった。なにも予想もしていなかった人のようにあ然としている。

（え、もしかして？）

伊子は思いついた。ひょっとして裄子は、自分と実顕の関係が世間の噂になっていることを知らないのではないのだろうか。

そうだ。考えてみれば裄子は自宅で執筆活動をしているのだ。どれだけ御所で騒がれていても、耳に入らないことはあるだろう。だとしたら最初から動じた様子を見せなかったことも納得できる。

もちろん暁子にそんなことを考える余裕はなさそうだ。とぼけたようにも取れる裄子の反応に頬を紅潮させ、これまでの憤りを爆発させたような剣幕でまくしたてる。

「かえって本望ですわ。だって私は玉響の方が大嫌いですから。身分的に結婚はできないことを承知のうえで、それでも自分の意思で中将の君を選んだのではありませぬか。あの誠実な紀伊守の求婚を断った段階で、彼女は安らぎではなく恋を選んだのです。それなのに自分の身の上を嘆きつづけるなんて鬱陶しいことこのうえない！」

一理はある。しかし暁子のように身分の高い女が口にすると、女房達の大半を占める中流の女人からすれば嫌味でしかない。

通常であればこの席は、暁子に対する反発の空気に満ちたはずだ。

しかしこの場にいる者達は、暁子と祐子の因縁を知っている。さればこそ暁子の気持ちを察してか、誰も眉をひそめることをしないでいた。

一触即発となった正室と側室の争いを、全員がただただ固唾を呑んで見守っていた。

「命婦」

暁子は声を震わせながらも毅然として言った。

「私は玉響の方より、蘭の上のほうがずっとずっと好きです。たとえ作者のあなたが貶める意図で彼女を書いたとしても――」

「それはちがう！」

耐えかねたような叫びは、祐子のものではなかった。

茵から身を乗り出した実顕が、周りの視線など意に介さずにひたすら暁子だけを見て叫んでいた。

「聞いてくれ、暁子。あの物語でもっとも見事な生き方を見せたのは、玉響の方ではなく蘭の上なのだ。苦労知らずのうえに幼稚だった彼女は、世のままならなさを知ったことで強くなり、不誠実な夫を自分の意思で捨ててみせたのだから」

伊子もまったく同意である。恋にばかり目をむけていると、蘭の上が都合よく退場させられたように見えるが、自分の尊厳を保ったという点では彼女が一番の勝者である。若い蘭の上は宮仕えという形を取ったが、男の支配から逃れるため、浮世の楽しみをすべて投げうって出家を選ぶ女にも同じことが言える。

夫の不誠実を許すことができず、蘭の上は恋よりも自分の誇りを貫いた。

貞淑、婦徳という常識などかなぐり捨てた彼女を、世間はたしなみに欠けると誇るだろう。だが彼女はそんな人の目など気にしなかった。その姿は物語に綴りたい思えるほど見事な生き方にちがいない。

つまり『玉響物語』は、玉響の方と蘭の上という二人の女が、それぞれに自分の生き方を貫いた物語なのだ。

「だから私は、そんなつもりで――」

「別当殿、落ちつかれませ」

嵩那に止められ、実顕ははっとして口をつぐんだ。火照ったところに、頭から水をかぶせられたような反応だった。

伊子は胸を撫で下ろした。助かった。あのままであれば、実顕は暁子の誤解を解きたい一心でとんでもないことまで口走りかねなかった。

（まったく、この弟ときたら……）

こんなことが明るみに出たら、自分だけの恥では済まないというのに。

少々忌々しく思いつつ、ちらりと横にいる斎院を見る。すると察したもので、斎院は彼女らしい悠然とした態度を崩さずに言った。

「少々熱くなりすぎたようじゃ。夜も更けたことゆえ、ここでひとつお開きといたそう」

「申しわけございません」

母屋の斎院にむかって、実顕は深々と頭を下げた。

論議がお開きになったあと、斎院はほとんどの女房達をいったん下がらせた。いまこの場に残っているのは、伊子と千草。嵩那と実顕。そして暁子と祈子である。

斎院の御座所のはすむかいに伊子が座り、その傍らに千草が控える。伊子達とむきあうように暁子が座り、殿方二人と祈子は廂のほうに席を得ている。

「私が興奮したあまり、せっかくの論議の場を台無しにしてしまいました」

「別当殿。もう顔をお上げください」

床に額を擦りつけんばかりの実顕を、唯一の同性である嵩那がなだめにかかる。対して女達の反応といえば、なかなかに個々とりどりだった。

斎院は言うに及ばずだが、伊子と千草はうんざりした表情を隠さない。

暁子は色々と混乱したまま、とりあえずふて腐れていた。そして祈子はひどく不安げな面持ちで実顕を見つめている。玉響物語の三角関係を思わせる光景だった。

「別にそなたが論議を打ち止めにしたわけではなかろう」

ややもって斎院が口を開いた。論議自体は確かに白熱していたが、あのまま続けていれば暁子と祈子の間にとんでもない騒動が起きかねなかった。そうなったら、どのみち強制終了となっていただろう。

「さ、されど……」

「萱命婦」

まだなにか言いかけた実顕を無視して、斎院は祐子に呼びかけた。

「は、はい？」

「いったいそなたはどういうつもりで、われの親友と女房を嘲笑するような物語を書いたのじゃ？」

「私はお二方をそのように思ったつもりはございませぬ」

間髪を容れずに反論をした祐子は、ここぞとばかりに伊子と暁子に視線を動かした。

「お心を煩わせてしまったことはまことに申しわけなく思っております。されど私にはお二方を貶める気持ちなど露ほどもございません」

もちろん、知っていますとも。

暁子はともかく伊子からまであんなことを言われて、さぞ仰天したことだろう。あの場には女房達が大勢いたから、今頃は伊子の陰湿な問いが噂になっていることだろう。尚侍の君は実は底意地の悪い女だったと――頻繁に訪れる場所だけに、今後のことを考えると気が重い。あとででも斎院が彼女達をうまく取り成してくれるとよいが、よくも悪くも豪快なこの友人にそんな細やかな気配りを求めても無駄にちがいない。

ため息をつきたい思いで、つい愚痴めいた口調でこぼす。

「まことに、あなた達のせいですからね」

「あなた達？」

首を傾げたのは実顕である。

「ええ、あなたのせいですよ。検非違使別当従四位行右衛門督殿」

文字に起こせば漢詩文かと思わせるような名称は、実顕の官位を述べたものである。行や守という文字は、兼官の場合にそれをつなぐために使う。

とつぜん改まった呼び方をされ、実顕はぽかんとなる。かまわず伊子は続ける。

「蘭の上は、あなたの北の方を素材にして書いたのでしょう」

少し離れた場所に座っていた祐子が、まちがいなく息を呑んだ。

「え？」

短く声をあげたきり、実顕は絶句している。

観念したように天井を仰ぐ祐子に、あらかじめ事情を話していた斎院達が平然と構える中、暁子一人が訳のわからぬ顔であたりを見回している。

「義姉上様、それはいったい……」

「私のせいでございます！」

暁子の問いを遮り、声をあげたのは祐子だった。それこそ床に額を擦りつけんばかりにしている。

「別当様はなにも悪くございません。私が困り果てているさまを見兼ねられて……」

「いえ、悪いのは私です。菅命婦のためなどと名目をつけて、検非違使の長官（かみ）という立場にありながら、人々を欺（あざむ）くような真似をしたのですから！」

競い合うように叫ぶ二人は、暁子の表情が引きつっていることにまったく気づいていない。事情を知らない人間が聞いたら、恋人同士が妻の目の前でたがいにかばいあっているようにしか受け取れない。

もっとも暁子も、先ほどの伊子の実頴に対する問いからいい加減に気づいてもよさそうな気はするから、頭に血が上って冷静な判断ができないでいるのかもしれない。

伊子はひとつため息をつくと、祐子を一瞥（いちべつ）する。緊張した面持ちを浮かべる彼女をいったん目で制し、あらためて実頴に問いかける。

「それで、いったいどちらが話を持ちかけたの？　あなたが書いた『玉響物語』を、菅命婦の名で公表することを」

思えば実頴は、昔から物語を読むのが好きな少年だった。

もちろん史書や詩等の漢籍を読むことにも励（はげ）んではいたが、それはあくまでも貴族の子弟としての務めに過ぎなかった。

「読むだけでは飽き足らず、いつのころからか自分で書くようになりまして――」

それがとうぜんの流れのように実顕は語るが、同じく読書好きの伊子からすると、読む人間と書く人間の間にはまったく相容れないものが存在すると思う。伊子はどんなに書物に没頭しても、自分で物語を書こうとは露ほども考えなかった。

「その流れで、いまを時めく菅命婦から創作の教えを乞いたくて門を叩いたのです」

「拝読させていただき、まことに驚きました。殿方がお書きになったものということもあるのかもしれませぬが、自分とまったくちがう物の見方から記された、そのくせやけに心に染み入ってくる物語に……ええ、もちろん嫉妬はありました。されどそれ以上に私は別当様の書かれる物語に惹かれてしまって、指導という名目のもとに、どんどん書いてもらうようにお願いしたのです」

つい先刻までも歯切れの悪さはどこに行ったのやら、祐子はまるで箍が外れたように一気に語りだした。

細かい理由や流れはともかく、おおよそは伊子の予想通りだった。

実顕と祐子の関係が疑われたのは、草稿の手蹟が実顕のものだったからだ。

しかしいくら恋人でも、写本のように手のかかる作業を、官人としてそれなりに忙しい実顕が手ずから引き受けるはずがない。彼の経済力を考えれば、いくらでも代筆の者を準備することができるからだ。単純かつ素直に考えて、あの草稿は実顕が書いたものとすることが一番自然なのだ。

そして『玉響物語』の後編を読むことで、その疑念は確信に変わった。

なぜならこの物語は玉響の方の恋愛物語であるのと同時に、蘭の上の成長物語でもあったからだ。読者の大半を占める中流階級の女人にむけて玉響の方に焦点を当てて書いてはいるが、この作者が本当に書きたかったのは、いかにも物語的な美しい生き方の女人・玉響の方ではない。過去の男達が自分達に都合が良いように定め、女達もそれが正しいと思っている〝婦徳〟に従うことなく、自尊心のためには恋を振り捨てる強さを持った女人・蘭の上——つまり暁子なのだ。

「まこと驚くべきことは、別当殿が書いた物語の通りに北の方が行動したことですね」

しみじみとした嵩那のつぶやきに、暁子はあわてて反論する。

「わ、私はそんなつもりでは……」

「ええ。時系列から考えればまちがいなく偶然です。さればこそ驚くべきことだと申しているのです。それだけ別当殿が、あなたのことを分かっていたということですから」

暁子は虚を衝かれたような顔になった。

もちろん実顕も、執筆の段階で暁子が家を飛び出すなど露ほども思っていなかっただろう。あたりまえだ。実顕は浮気などしておらず、ただ自分の妻がこのような状況に陥ったらきっとこのように行動するだろうと想像して書いただけなのだ。しかし現実にその通りになったのだから、恐るべきは物書きの妄想力である。

暁子は信じがたいというような表情で、視線を実顕にと移す。実顕は居たたまれないように身を竦め、やがて消え入りそうな声で「すまない」と言った。

「男が物語を書くなどと知られたら、世間からも顰蹙を買うかと……。それに太郎の教育上もよくないかと思って」

なるほど。こういうふうに世間体を気にしてしまう男だからこそ、暁子の気の強さが眩しいのかもしれない。

真相が分かってみれば人騒がせな話だが、実顕の気持ちは分からないでもない。伊子も二十代前半までは、世間の目を気にして嫁き遅れの身をそれなりに恥じていたものだ。ましてあの頃は、嵩那からあんなひどい捨てられ方をしたと思いこんでいたからなおさら鬱屈は強かった。三十を越したあたりから、どうでもよい気持ちになってはいたが――。

とつぜん暁子が立ち上がった。

皆の注視の中、母屋から降りて実顕の正面に腰を下ろすと、上半身を乗り出すようにして詰め寄った。

「なんという情けないことをおっしゃるのですか！」

予想はしていただろうが、暁子の強い口調に実顕はぴっと背筋を伸ばした。

「す、すまな……」

「私がその程度のことで、殿を嫌いになるはずがないではありませぬか」

胸の前でこぶしを作って訴える暁子に、実顕は大きく瞬きをする。やがてその瞳にあきらかな喜色が差した。

「で、では、私のもとに戻ってきてくれるのか？」

「もちろ……あ、いえ、その斎院様からお許しが得られれば」

「いますぐ帰れ」

とりつくしまもないほどむげに斎院は言い渡した。

にもかかわらず暁子は、満面の笑みを浮かべて実顕を見上げた。二人ともこれまで見せたことがないほど幸せそうな表情でたがいを見つめあっている。雨降って地が固まったのかもしれないが、まったく人騒がせなことこの上ない若夫婦である。

伊子や斎院の冷ややかな眼差し（まなざ）に気づくことなく、二人は仲睦（なかむつ）まじいやりとりをつづけている。

「それにしても口惜しい。殿がこの麗しい『玉響物語』の作者だったなんて。知っていれば女房達に自慢して回っておりましたのに」

草紙を胸元にかかえ、うっとりと暁子は言う。

つい昨日まで親の仇のような言い草だったのに、どうした手のひらの返しようだ。

「悪かった。君が物語を好きなことは知っていたけれど、気恥ずかしくて言い出せなかったんだ」

「そんな。かように素晴らしい物語が書けることを誇りに思いこそすれ、なにを恥ずかしがる必要があるというのです!?」

「そうなのです、北の方」

暁子の文句に口を挟んだのは祐子だった。少し前からその気配はあったが、最初に見せていた罪悪感はとっくに消えさっている。

「私も何度も、このように優れた物語なのだから世間に公表すべきだとお勧めしたのですが、男のすることではないとはぐらかされてしまって……さりなれどかような名作をみすみす埋もれさせるなど、物語に携わる者としてとうてい看過できませんでした。それで思いきって、締め切りが間近なのに重圧でまったく書けなくなったと偽りを申しました」

「偽りっ!?」

どさくさ紛れの祐子の告白に、実顕は声をあげた。

「別当様はお優しい方ですから、必ずや了解してくださると思っておりました」

しれっと語る祐子に、伊子も仰天した。

つまり祐子は精神的な重圧で書けなくなったと虚偽の訴えをして、実顕に自分の作品を差し出させたのだ。

実顕の性格を考えればもちろん罪悪感はあっただろう。それでも指南役で恩義のある祐子を見捨てることはできなかったというところか。まして偽りといってもたかが作り物語で、公文書の偽造とは意味がちがう。その点でつい情にほだされてしまったのだろう。

だがこのあたりの実顕の反応も含めてすべて計算のうちだったというのだから、げに恐ろしきは祐子という物書きの想像力だ。

さすがにお人好しの実顕も、激しく動揺している。

「い、偽りとは、どういうこと――」

「ありがとう、萱命婦」

抗議をしようとした実顕の前で、暁子が祐子のもとにいざりよって彼女の両手をぎゅっと摑んだ。もちろん怪我をしたはずの右手をもである。しかし祐子は平然としたままだった。やはり右手の怪我は代筆を信じこませるための詐病だったらしい。

「ありがとう、私の殿の才能を認めてくれて。心から感謝しているわ」

「とうぜんです。私は別当様の作品の一番の愛読者ですもの。申しわけありませぬが、この立場をお譲りするつもりは毛頭ございませぬ。その代わり北の方様は、別当様の唯一無二の愛妻ということでご了承くださいませ」

力強く、まるで励ますような祈子の言葉に、暁子は頰を赤らめた。

「そんな。あなたは夫の師、つまり妻である私にとって師も同然です」

「もったいないお言葉でございます。ご夫君の才能を世に知らしめるために、今後も尽力を惜しみませぬわ」

唐衣裳を着た二人の美しい女人は、手を握りあって意気軒昂としている。暁子にいたっては先刻まで恋敵だと憤っていた相手だというのに、まるで十年来の親友同士のような光景だ。二人の間に捨て置かれて実顕は、ただただ呆然とするばかりで抗議の言葉ひとつ思いつかないようであった。

やがて祈子は暁子の手を解き、御座所の斎院にむきなおった。

「いまお聞きになられたとおりでございます。私はどのような手を使っても、別当様の作品を世に出したかったのでございます。とは申せど斎院様をたばかる形になってしまったことはお詫びのしようもございませぬ」

深々と頭を下げられた斎院は、彼女には珍しく困惑しきりだった。『玉響物語』の作者が実顕ではないかという推察は伊子から聞いていたが、さすがにこの動機は予想外だった。動機が私欲や功名心でないだけに一概に非難もしにくいが、祐子が斎院をはじめ世間をたばかったことにかわりはない。

斎院はしばらくの間、返事を考えあぐねるようにぽりぽりとこめかみを掻いていた。やがてすっと指を離すと、面倒くさいと言わんばかりの投げやりな口調で言った。

「われは面白い物語が読めるのであれば、作者が誰であろうとかまわぬ」

その後、暁子は実顕に連れられて自邸に帰っていった。意気投合したとかで、自宅まで送るという名目で祐子を伴っていったのだから、彼女の中にあった疑いは完全に晴れたのだろう。騙された実顕は納得できないところもあるだろうが、もともとは彼が下手糞な嘘をつき続けたことで暁子に疑心を抱かせたのが原因だからしかたがない。人間誰しも他人に知られたくないことはひとつやふたつはあるだろうが、それで周りの人間に余計な疑いを抱かせて苦しませてはいけない。

人気のなくなった母屋で、伊子は斎院と嵩那に対して深々と頭を下げた。

「このたびは私の愚弟と義妹が、大変なご迷惑をおかけいたしまして」

よもや自分が斎院に対して、こんな謝罪をする日が来るとは思ってもみなかった。これまでは斎院の強引さにひたすらふりまわされ、むしろこちらが迷惑をかけられてばかりだったというのに。

「そんな一方的なこともでなかろう。菅命婦にかんしては、むしろ別作家だということに気づかなかったわれのほうに責が在る」

斎院はそこでいったん言葉を切ると、なかば呆れたようにこぼした。

「いずれにしろわれら全員、あの三人に振り回されたことにはちがいないな」

「……まことに」

苦笑いを浮かべつつ相槌をうつ嵩那に、斎院は大きく息をついた。

「とはいえ詫びとして、別当殿の他の作品の写本を了承させたからよしとするか」

迷惑をかけたことを平謝りする三人に、斎院は実頭がこれまでに書き留めてきた他の作品、あるいはこれから書く作品を、『ものがたりの府』に提出することを求めたのだ。最初は固辞していた実顕だったが、彼の名は明かさずに女人の筆名を使うという条件を提示すると渋々了解した。

いっぽう嵩那も、さばさばとした口調で述べた。

「私もあの別当殿の意外な真相が知れて楽しかったですよ。これからは女人のものなどと思いこまず、物語にも手を伸ばしてみようと思います」

「そう言っていただけると、姉として胸のつかえが下りまする」

伊子の答えに、嵩那はくすっと笑った。

「それにしても大君のような優しい姉君がおられて、別当殿はお幸せですね。心から羨ましく思いますよ」

当てつけとしか思えぬ言いように斎院はじろりと嵩那を睨みつけたが、本人は素知らぬ顔をしている。彼が日頃姉から受けている仕打ちを考えれば、これぐらいの嫌味は許されてしかるべきだろう。ふて腐れたように唇を尖らせる斎院に、伊子と嵩那はまるで示し合わせたように同時に笑った。

親友と弟のそんな有様を扇越しに眺めたあと、やおら斎院は立ち上がった。

「われはもう休む。そなた達は勝手に致せ」

言い捨てると、伊子達を一顧だにせず出て行ってしまう。

斎院のとつぜんの行動に伊子がきょとんとしていると、かたわらにいた千草がひょいと身を乗り出して言った。

「姫様。私も帰りの支度をしてまいりますので、こちらでお待ちくださいませ」

「え？」

「しばらくかかりますから。そうですね。こちらの油が切れる頃になるかもしれません」

そう言って千草は、自分のそばに置いた大殿油を指差した。そうして彼女は、まるで斎院のあとを追うようにそそくさと立ち去っていった。

伊子がぽかんとしていると、こほんとわざとらしい咳払いが聞こえた。反射的に目をむけると、嵩那が気恥ずかしげな表情を浮かべている。わけが分からずにいる伊子に、ぽつりと嵩那は言った。

「意外と優しい姉上でした」

「……」

合点がいった。慌しくもわざとらしい退出は、つまりそういうことだったのだ。

頼もしい女友達らは、嵩那と二人きりの時間を作ってくれたのだ。

もちろん御所でも二人で話すことはできる。だがそれはあくまでも友人としての関係を保っているからだ。気さくにやりとりをし、どうでもいいことに笑いあいながらも、その奥に秘めた相手への深意がけして表に出ないように牽制しあう。どこに人目があるか分からない御所内では、そんな緊張感のある関係をずっとつづけていた。そうしなければ現在の友人としての関係すら、たちどころに断たれてしまうからだ。

だがここは同じ御所でも、内裏（だいり）からは遠く離れた紫野の斎院御所だ。人払いを済ませたこの場所で、周りの目を気にする必要はない。たとえそれが〝しばらく〟という短い時間に限られていたとしても――。

それと意識しないうちに、二人はいつしか視線を重ねる。

大殿油の炎がほのかにゆらめき、伊子はぶるりと身を震わせた。

同じ炎の明かりを半身に受け、嵩那は意味ありげにじっと伊子を見つめかえした。

第三話　はしたない宮仕えのほうが性にあっている

帝の乳母である高倉典侍が参内をしたのは、壺庭の楓が赤く染まった神無月中旬。うららかな小春日和の日のことであった。

伊子が出仕をはじめたときには病を理由に宮中を辞していた彼女だが、先帝の一周忌を前に、療養先の宇治の山荘から駆けつけてきたのである。

四年ぶりの謁見は、清涼殿の昼御座にて行われた。

「乳母や、よくぞ参ってくれた。身体のほうは、もうすっかり良いのか？」

そう語る帝の玉顔からは、懐かしさと喜びがにじみでている。

弘庇に迎え入れられた高倉典侍は、久しぶりに拝する養ひ君の姿に眩し気に目を細めた。

「まことにご立派になられて。あのお小さかった一の宮様が……」

感極まったのか高倉典侍は、いったん言葉を詰まらせる。

「こうしてご尊顔を拝しますと、御父君様のお若いときにそっくりでございますなあ」

「さようか？　左大将などは母上に瓜二つだと申すのだが、父上の乳兄妹であるそなたが言うのであればそうなのかもしれぬ」

それを言うのなら左近衛大将は、帝の生母の実兄である。いずれとも故人が身罷ってから年数が経っているので、多少は思い出補正が入っている気もするが。

高倉典侍は帝の父である先の東宮の乳兄妹で、その縁もあって乳母に抜擢された人物だった。典侍という高い役職も、その重責ゆえに授けられたものだ。

帝の間近に控えた伊子は、やや複雑な思いで高倉典侍の姿を眺めていた。

実は彼女とは初対面ではなかった。十年近く前、斎院御所でときどき顔をあわせてはいたのだ。当時は親王だった帝は、義母である斎院の御所によく出入りしていた。その傍には常に高倉典侍がいた。伊子より六、七歳年長の彼女は、ふくよかな身体付きのどっしりとした印象の女人であった。

しかしあれから久しく過ぎて再会した高倉典侍は、驚くほど細くなっていた。先入観がなければちょうどよいぐらいの体格ではあるが、病み上がりということを聞けばどうしても心配になってしまう。蓬色の綾織物の唐衣は落ちついて趣味の良い色合いだったが、細面となった顔の色をいっそうくすみがちに見せている気がした。

「乳母はしばらく滞在できるのか？」

「主上がお許しくださりますれば、年忌の日まではこちらに滞在させていただき、先帝様のご冥福を祈りたいと存じます」

年忌とは、この場合は先帝の一周忌である。今上の祖父である先帝の命日は三日後である。うっとうめいて胸を押さえ、倒れてそれきりだったというから、まさしく頓死であったのだろう。

ちなみに一周忌は来月に控えた大嘗祭との兼ね合いもあり、供養の儀式は控え目になることが見込まれていた。そんなときではあるが、高倉典侍のために、明日の夜にささやかな管弦の宴を催すことになっている。

「それは喜ばしいことだ。ならば明日は思い出話などして、ゆっくりと語り明かそうではないか」

上機嫌で語る帝に、高倉典侍は口許に手をあてて笑った。

「まあ、私のような年寄りがどこまでお若い方の夜更かしに付きあえますものやら」

冗談めかして応じているが、年齢が近い伊子からすればなかなか切実な訴えだった。それに病み上がりという彼女に夜更かしをさせることも気になる。もっともこの聡明な少年帝であれば、そんな気配が乳母に見られればすぐに解放するだろうが――。

「いけない、すっかり長話をさせてしまったね」

あんのじょう帝は、程よいところで話を打ち切った。

「そなたも久しぶりの参内で疲れたであろう。局を用意させておるゆえ、いったん戻って休むがよい」

「ありがとうございます。そのようなお心遣いは無用でございますのに」

「典侍殿、どうぞご遠慮なさいますな」

恐縮する高倉典侍に対して、伊子ははじめて口を挟んだ。実はここに至るまで、伊子も高倉典侍もたがいに挨拶をすることはなかった。なにしろ彼女の参内を喜んだ帝が一方的に話し続けていたので、そんな間合いがつかめなかったのだ。

呼びかけられて高倉典侍は、はじめて帝から視線を動かした。

「えっと、確か左大臣の大姫様でございますよね？」

どうやらむこうも面識があることは記憶していたらしい。

「ええ、今年の卯月から出仕をはじめました。御所では尚侍の君と呼ばれております」

「まあ、まことご無沙汰いたしております。高倉典侍でございます。尚侍の君様のお噂はかねがねうかがっておりまする」

噂という部分に妙に力をこめた高倉典侍の物言いに、伊子は少し引っかかった。

それは非常に微細な言い方だったので、女房達はもちろん、間近で聞いていた帝にも気付いた気配はなかったのだが——。

（やっぱりね……）

良く思われているはずがないと、ある程度の覚悟はしていた。

なにかと曰くありの伊子の出仕の経緯は、御所外の人間にもとうぜん知れ渡っているであろう。養ひ君が自分に近い年齢の女に懸想しているなどと知ったら、乳母として穏やかであるはずがないのだ。

これまで何度も似たような思いをしてきただけに、この件にかんしてはすでに〝しかたがないか〟という諦めの境地にはある。それゆえ伊子は、半ば開き直りのつもりで大仰なほどに愛想良く笑って言った。

「典侍殿の局は、以前のように梨壺に準備させております。昔に戻ったつもりで、どうぞごゆるりとおくつろぎあそばしませ」

梨壺はかつての東宮御所。すなわち帝が幼少期に住んでいた殿舎だ。乳母である高倉典侍も、そこに局を賜っていたと聞いている。

「典侍様、私がご案内致しましょうか」

伊子と高倉典侍のやりとりが終わるのを見計らい、口を挟んだのは勾当内侍だった。十年以上前から出仕をはじめていた叩き上げ女官の彼女は、高倉典侍とも懇意だったと話していた。

かつての朋輩の姿に、高倉典侍は顔を輝かせた。

「まあ、少納言……あ、ごめんなさい。いまは勾当内侍でしたね」

「どちらでも構いませぬ。まことにお懐かしゅうございます」

「嬉しいわ、あなたにまたお会いできるだなんて」

再会を素直に懐かしがる二人の女房達に、伊子は心ならずも嫌な気持ちになる。高倉典侍の、自分と勾当内侍に対する態度のちがいにもやっとしたからだ。元々の親しさがちがうことは承知したうえでも、先ほどの〝お噂は〟発言を思いだすと不快な感情は禁じえなかった。帝の自分への不自然な執心を考えれば、乳母として高倉典侍の屈託はしかたがないとは思いはするのだが――。

やがて高倉典侍は、勾当内侍に連れられて御前を後にしていった。彼女が衣に焚き染めていた梅香の薫りが途切れたころ、ぽつりと帝は言った。

「乳母も、ずいぶんと痩せてしまったものだ」

はっとして目をむけると、未だ簀子を眺める帝の表情からはあきらかな懸念が見て取れる。高倉典侍に対する反感は残るが、ひとまずその感情を押し隠して伊子は言った。

「確かに痩せましたが、年齢的に食も細くなりますので、それも自然な現象でもあるのかと思います」

「そうか……、ならば良いのだが」

などと言いはしても、帝は釈然としないままで不安を隠せないでいるようだった。

下手な励ましだったかと、伊子は自分の発言を後悔した。

「こんなふうに過剰に不安になってしまうのは、私が人の縁に薄い生まれだからなのかもしれない」

ぽつりと告げられた帝の一言に、胸がしめつけられた。

この上なく高貴な身分に生まれたこの少年は、両親には早く先立たれ、同母の兄弟には恵まれず、彼を溺愛していた祖父とも昨年死に別れた。

そんな生い立ちを持つ者が、病で退出していた乳母のあのように痩せた姿を見たのだから神経質になるのはとうぜんのことだ。

「主上……」

「だからだろうか……藤壺とそのややのことも、不安でならないんだ」

心の奥底から吐露したような言葉に、伊子は眉間にしわを刻んだ。

咎められたとでも思ったのか、帝はそっと視線をそらす。

里帰り中の藤壺女御は、来年の春に出産予定である。懐妊自体はめでたきことだが、女人にとってお産は命がけのことだし、赤子は無事に産まれてきても些細なことで亡くなってしまうか弱き存在だ。自分の縁の薄さを顧みた帝が、懐妊中の妃に対して不安を覚えることはいたしかたないかもしれなかった。たとえ言葉には言霊という霊威が宿り、不安や不吉を口にすれば現実にその事態を招きかねないと承知したうえでも。

帝は気まずげな面持ちで、場を取り繕うように口を開く。

「私としたことが、なんとも縁起の悪いことを言って――」

「大丈夫ですわ、藤壺女御様なら」

伊子は断言した。

もちろん根拠などどこにもない。いくら若くて健康でも、お産が危険な行為であることに変わりはない。

それでも伊子の中には、藤壺女御こと藤原桐子に対する圧倒的な信頼があった。

たとえ帝自身が蜘蛛の糸のようにか細い縁しか持っていなかったとしても、桐子が持つ生命力の強さはその不運を補っても余りある。それこそ末法の世となっても生き残るだろうと信じさせる圧倒的な生命力を、あの若く美しい、かつ奔放な妃は持ち合わせている気がした。

そういう意味で桐子は、帝にとって最適な妃かもしれない。それを自分の境遇で訴えてもおためごかしのようにしかならないので、けして口にはできないが――。

「大丈夫です。あの女御様は並みの姫君ではございませぬから」

同じ言葉をいっそう強い口調で言う伊子に、最初のうち帝は聞き違えたのかというような顔をしていた。だが少しして口許をぶるっと震わせると、瞬く間に腹を抱えて笑い出したのだった。

帝の笑いが収まった頃、簀子に一人の官吏が姿を見せた。

彼が身につけている袍は、秋晴れの太陽の下でもくすんで見える緑色で、かすかに黄味を帯びた独特の色合いをしていた。

帝の袍にも用いられる色、麴塵である。

青白橡、山鳩色とも呼ばれる帝のための禁色ではあるが、特別の許可を受けた者だけが、帝がその袍を着用しないときにかぎり着ることを許されている。

この官吏の役職は極臈である。六位蔵人の中の第一臈者に対する呼び名で、この地位に就いた者は慣例的に麴塵の袍を賜る栄誉を与っていた。

熟年の極臈は、嵩那が面会を求めていることを告げた。

「大嘗祭のことで、主上にご相談申し上げたい儀がありと申されておられます」

式部卿は、宮中で執り行われる儀式を掌る省である。嵩那はそこの長官であるから、というぜんの用向きだった。

そうはいっても、やはり伊子は動揺した。

斎院御所の客殿で、嵩那と逢瀬を交わしたのはほんの数日前のことだった。

二人の想いを汲んだ斎院達が気を回してのお膳立てではあったのだが、事は考えたようにはならなかった。

ありていに言うと、二人の間にはなにも起きなかったのである。

しばし見つめあったあとは、距離を詰めないまま目をそらしあってしまった。そしてそのまま時間ばかりが過ぎてしまったのだ。

斎院の心遣いを無駄にする結果となってしまい申しわけないとも思ったが、そもそもそんな考えが浮かぶ時点で、たがいになにも望んでいないことがあきらかである。

嵩那のことは好いている。

だが、ここで具体的な行動に出たところでどうなるというのだ？

帝からの求愛という大きな問題が二人の間にある、その状況になんら変わりはない。抱えた荷物の重さを忘れてその場の勢いでのぼせあがる、そんな愚かさと紙一重の情熱はすでに無い。ここで共有した関係が将来につながらないのなら、それは良き想い出どころか後味の悪い罪悪感になりかねなかった。

帝との問題が解決しないかぎり、心から相手を求める気持ちにはなれない。

人生は点ではなく線だから、その場かぎりの情熱では済ませられない。良くも悪くも年を取ったのだと、つくづく思い知らされた夜であった。

ここに嵩那が来るのなら、あの夜以来の再会となる。

いったいどんな顔をして迎え入れたらよいものだろう。もちろん常と変わらぬようにできればそれが一番だが、はたして平静を保つことができるかどうか――。

「尚侍の君、乳母（めのと）の様子を見てきてくれないか？」

やにわに告げられた帝の命に、伊子は虚を衝（つ）かれる。

「梨壺できちんとくつろげているか、確認してきて欲しいのだ」

常と変わらない口調で語る帝の目は笑っていないように見えた。

ある部分でほっとしながらも伊子は、ひょっとして帝は斎院御所での件を知っているのではないかと感じた。斎院の、自分と嵩那に対する感情を考えれば、あの夜のことが口外されることは考えられない。にもかかわらず天子という至高の存在にあるこの少年には、なにもかも見透かされてしまっているのではという疑念が浮かんだのだ。

「……承知いたしました」

動揺を押し隠して一礼すると、伊子は逃げるようにその場を辞したのだった。

梨壺にむかうため渡殿を進んでいると、背後で「式部卿宮様」という女の声がした。

とっさに振り返ると、弘徽殿から清涼殿につづく渡殿に立つ嵩那の姿が見えた。顔が見える距離ではなかったが、深紫の袍にすらりとした体型で彼だとすぐに分かる。彼のあとを追いかけてきた女房は弘徽殿の方角から出てきていた。

「宮様、扇をお忘れですよ」

立ち止まった嵩那のもとに、小走りで女房が近づいた。

どうやら嵩那は、帝からの面会の許可を弘徽殿で待っていたらしい。弘徽殿を賜る王女御こと茈子女王は、嵩那の姪にあたる。身寄りのない八歳の幼いこの妃のもとを、嵩那は頻繁に訪れてなにくれと面倒を見てやっていたのだ。

「ありがとう。ちっとも気がつかなかった」

照れくさそうに言う嵩那の表情は、距離があって見えなかった。彼はここに伊子がいることはまったく気づいていないようだった。

いつもであれば声をかけて引き返すところだが、先ほどの帝とのやりとりを思うとさすがにできない。未練を振りきるように踵を返し、そのまま麗景殿に上がったところで、伊子はぎくりとして立ち止まった。

渡殿の先に建つ梨壺の簀子に、高倉典侍が立っていた。高欄を挟んで伊子と向きあうかのようにして、こちらをじっと見つめている。

どくんと鼓動が跳ねた。

高倉典侍はいつからあそこにいたのだろう？　あの場所からであれば、渡殿にたたずんでいた先ほどの自分の姿は見えていたのだろうか？　嵩那に声をかけようとして、しかし振り切るようにしてここまで来た伊子の一連の行動を、彼女は見ていたのだろうか？

猛烈に焦りがつのってきて、息苦しいほどに胸が高鳴りだした。

高倉典侍は一言も口を利かず、ただただ無機質な眼差しをむけてくる。まるで伊子の肉体を透かし見て、その奥に秘めてあるものを捜そうとでもするかのように——。

（落ちついて……）

懸命に自分に言い聞かせる。そうだ。いったいなにを焦っているのだ。背後で声がしたので振り返ったら、その先で嵩那と女房がやりとりをしていただけではないか。自分は遠巻きにそれを眺めていたにすぎない。

気を取り直してひとつ深呼吸をすると、あれだけざわついていた胸が少し鎮まった。

「いかがなさいましたか？　典侍殿」

伊子のとつぜんの声かけに、高倉典侍は不意をつかれたように目を見開いた。

その隙を縫うように、伊子は素早く梨壺に上がる。そうしてまるで自分を待ち受けていたように立っていた高倉典侍と正面からむきあった。

「私は主上の命で、あなたの様子をうかがいに来ましたのよ」

「私の様子を？」

伊子はゆっくりとうなずいた。

「このような場に出て参られて、どうかなさいましたか？　なにか不首尾があるようでしたら、遠慮なく女房にお申し付けなさいませ。明日は夜通しでお話しができるよう、典侍殿には今宵はしっかりとくつろいでいただかなければなりませんから」

澱みなく語ったうえでとどめとばかりに微笑みかけると、高倉典侍は気まずげな面持ちで目をそらした。彼女はなにやら物言いたげな表情で清涼殿を見やり、やがて大きく首を横に振った。

「ご心配をおかけいたしました。皆様のおかげで十分くつろげております。ええ、私がいたときに比べて、どの女房達も潑剌と働いているようにお見受けいたしますわ。これもきっとお噂通りの、尚侍の君様のご英明さの証でございましょう」

噂という言葉を思いがけない形で使われ、伊子は拍子抜けした。

（じゃあひょっとして、さっき言ったことも？）

清涼殿で聞いたお噂という言葉も、そのような意味だったのだろうか？　てっきりうら若き帝が母親のような年齢の女に惑わされているという、悪評だと思ったのだが――。

「まことに尚侍の君のように聡明なお方が入内をなされていたら、先の東宮様の後宮も賑わいましたでしょうに。乳兄妹としてまこと無念でなりません」

予期もしなかった名に伊子は驚く。

確かに伊子は、先の東宮妃候補の筆頭だった。しかし諸事情により入内話は頓挫し、それから何年もしないうちに彼は身罷った。その先の東宮の心に居たのは幼馴染の姫・斎宮の君ただ一人だったというのを伊子が知ったのは、つい数ヶ月前のことであった。

「どうでしょうか」

伊子は関心がないふりを装った。

「私が入内をする前に、主上はすでにお生まれでした。結果的に御母君は早くに身罷られてしまわれましたが、主上がお健やかにお育ちであった状況では、もはや私の出る余地はなかったのやもしれませぬ」

それどころか伊子が入内をして皇子を産んでいたら、その子が立坊（立太子）され今上は一親王の立場で終わっていたのかもしれない。それを考えれば高倉典侍が、いったいどういうつもりでいまの発言をしたのかは気になった。

「ご謙遜を」

まるで歌うように軽やかな声で、高倉典侍は言った。

「たとえ御子がどうであろうと、あなた様のご身分であれば立后（りっこう）（妃を皇后として立てること）は確実でありましたでしょう」

まあ、そうだろう。この国の後宮において皇后の地位を得るのに、寵愛（ちょうあい）や子の有無は実はあまり関係がない。立后はあくまでも妃の実家の身分に左右されるからだ。だからこそ低い身分の母から生まれた皇子は、よほどのことがないかぎり帝にはなれないし、どうかしたら親王宣下（しんのうせんげ）すらされないほどの冷や飯食いの扱いだ。

今上の母親は時の内大臣の娘という高貴な身分ではあったが、左大臣（さだいじん）の大姫である伊子に比べればどうしても見劣りする。

「まことにおいたわしい。本来であれば、このように宮仕えなどなさるお立場ではございませぬでしょうに」

頬に手を添えて、高倉典侍は大袈裟（おおげさ）に嘆（なげ）いて見せる。

そんな人も羨（うらや）む身分にある伊子が、いくら尚侍（ないしのかみ）という高位の立場とはいえ、世間では未だはしたないという批判が残る宮仕えに従事している。高倉典侍のような熟年女性からすればおいたわしい行為なのだろう。

要するに嫌味を言われているわけか。

伊子は手にした檜扇を揺らしながら、次に発する言葉を考えた。

高倉典侍から敵視されていることは分かった。不愉快にはちがいないし、一矢報いてやりたいが、どうせ先帝の年忌が過ぎたら退出する相手だ。ここはひとつ波風を立てないでやり過ごしたほうが無難であろう。そう判断すると、伊子は苦笑を浮かべてみせた。

「これも運命でございますわ」

本当は自分には宮仕えが性にあっていると胸を張って言いたかったが、高倉典侍のような古い価値観の持ち主が相手では、負け惜しみと受け取られかねない。それも癪に障るので止めておいた。

伊子の返答に、高倉典侍は大袈裟なほどに驚いた顔をして見せた。

「では、中宮位にはもう未練はないと？」

伊子はさらに不快になった。もとよりそんな気持ちはかけらも残っていないが、仮に未練を抱いたところでいったいどうなるというのだ。先の東宮は十年以上も前に亡くなっているのに、なんとあてつけがましい言いようであろうか。

そこで伊子はふと思いつく。ひょっとして高倉典侍は、先の東宮ではなく今上のことを言っているのかもしれない。つまり伊子が今上の中宮となることに野心を持っているのではと、疑っているのではあるまいか。

　そういえば水無月の呪詛騒動のとき、右大臣が喚いていた。伊子の出仕は高齢という体裁の悪さを隠すための事実上の入内であろうと。思いちがいも甚だしいが、世間には尚侍という帝に近侍する立場についた伊子を、そう見ている者もいるというわけだ。

　つまり高倉典侍にしてみれば、尚侍として近侍していること自体がすでに目障りだということだ。

「おやめなさいまし」

　冷ややかに伊子は言った。

「かようなお言葉が右大臣の耳に入りましたら、面倒なことになりますよ」

　さすがに高倉典侍も表情を硬くした。桐子の父・右大臣は、娘を是が非にでも中宮にと望んでいるだろう。たとえ高倉典侍の意図が伊子に釘を刺すことでも、言葉だけ聞けば中宮位への野心を促しているようにも受け取れる。

　ようやく黙りこんだ高倉典侍に、引導を渡すようなつもりで伊子は言った。

「どうぞご心配なく。私にははしたない宮仕えのほうが性にあっているのでございますわ」

翌日の夜、清涼殿で高倉典侍のための管弦の宴が催された。

瑠璃色の夜空には満月から少し欠けた居待ち月がのぼり、ぱちぱちと音をたてる篝火が赤く色づいた花紅葉を幽玄に照らしだしている。形良く整えられた前栽では、竜胆に吾亦紅、紫苑に花薄等々晩秋の草花が揺れていた。

伶人達の鳴らす管弦の音が流れる殿舎を、それぞれに装いを凝らした女房達、位袍や冠直衣姿の月卿（上達部）や雲客（殿上人）達が華やかに彩っている。

白の御引直衣姿の帝は、間近に控える高倉典侍と楽しげにやりとりを交わしていた。いつもであれば尚侍たる伊子が近侍するのだが、今日は彼女のための宴ということで高倉典侍に席を譲ることにしたのだ。

帝を挟んで反対側の隣には、王女御こと茈子女王が座っている。裳着すら迎えていない八歳の少女が着ているものは、莟菊（表赤・裏黄）の可愛らしい細長だ。

伊子は御座所から少し離れた左側で、千草や勾当内侍とともに管弦の調べに耳を傾けていた。右手には御匣殿・祇子を中心とした貞観殿の女房達が席を得ている。伊子達より少し遅れて席についた祇子の衣装は、楓の紋様を浮織にした鳥の子色の唐衣に、朽葉色の表着と五つ衣を濃淡でかさねたものだった。

衣装を掌る貞観殿の長官だけあって、いつもながら個性的かつ品位のある見事な着こなしだった。祇子は上臈にだけ許される禁色をあまり好まない。赤や萌葱の唐衣は禁色で、伊子などは着るものに困った時はそれを選べば大丈夫だと思っている節がある。実際いま着ている唐衣は、ややくすんだ赤に銀糸で木瓜を織り出した二陪織物だ。

しかし祇子は、そのような無難な装いはけしてしない。彼女は常に自分の頭で考えた装いで人々を振りむかせている。御匣殿別当・藤原祇子の装いは、いまや御所中の女房達の憧れだった。

「勾当内侍、蛍草殿と左大将様が合奏なさいますよ」

からかうような千草の物言いに、勾当内侍は少し頰を赤らめた。

尚鳴の龍笛にあわせて左近衛大将が和琴を受け持つという形になり、勾当内侍ははらはらした面持ちで二人の演奏を見守っていた。そんな彼女の心配をよそに、列席者達は父と子が奏でる美しい音色にうっとりと聞き入っている。

「それにしても蛍草の君は、よく左大将との合奏を了解しましたね」

千草の素朴な疑問に伊子も同意する。母親に対する偏愛が過ぎるあの少年は、それが高じてなのか父親に対する敵意を隠さないでいた。十五歳の藤原尚鳴は、思春期と反抗期の真っ只中にいるような少年だった。

「なんとか、近頃は少し落ちついたようでございます」

勾当内侍の答えに、伊子と千草は目を見合わせた。

あれほど父親を嫌っていたのに、いったいどうしたあんばいなのか。

「いくらあの子が反発しても、いかんせん左大将様があのようなお人柄ですから……」

「糠に釘というわけですか？」

遠慮ない千草の問いに、勾当内侍は苦笑混じりにうなずいた。

「ええ、ですから根負けしたようです」

伊子と千草は、声を殺すようにして笑った。帝の伯父でもある左近衛大将は、その身分を笠に着ない大らかな人柄、ありていに言うとなかなかの鈍感力の持ち主だった。

夜も更けてくると、ほろ酔い気分で催楽馬などを歌う者が出始めた。

「いやいや。ここはぜひとも宮様に一曲ご所望したい」

「そうそう。興をたすけるつもりで歌ってはくれませんか」

簀子のほうがやけにざわついていると思ったら、嵩那が公卿達に囲まれている。束帯ではなく冠直衣姿の嵩那は、最初は遠慮していたようだが、結局押しきられる形で歌いはじめた。

あな尊　今日の尊さや　古も晴れ　古もかくやありけむや

今日の日の素晴らしさを賛美する『あな尊』は、乳母との再会を喜ぶ帝のためにはふさわしい選曲だった。しっかりした声量を保ちつつ、自由自在に高低を操る嵩那の技量に聴衆達は感心して、その美声に聞き入っていた。殿舎の中にいる女房達も、彼の歌を邪魔しないように小声で誉めそやす。

「御歌はもちろんですが、あの立ち姿のなんとお美しいこと」

「篝火に照らされて、まるでこの世のものとは思えぬ幽玄さですわ」

「まことに。白の直衣から二藍のかさねが透けて、なんとも艶めいて見えますこと」

「光のせいで少し紫がかって見えるところも、また気高くて……」

「あのお姿とご身分で、朗らかでご気性まで優れておいでなのですから、よくぞ天はあのような方を生まれさせたものと思いますわね」

数々の絶賛を耳にして、伊子は心のうちでそっとつぶやく。

でも、色々と突っこみたい部分も多い人なのよ。

微妙に世間からずれた感性とか、それに比例する珍妙な和歌の才（？）などなど。

もちろんひょっとして少し変わっているのかな？　というぐらいには認識されているかもしれない。だが評判になるほどではないから、おそらく世間は本当の嵩那のことを知らないのだ。世間にあきらかになった嵩那のやらかしといえば、伊子の候名に〝干柿〟を提案してきたことぐらいだろう。

しかし伊子は知っている。

嵩那が女人相手に鼠の歯や蟬の幼虫について長々と語り、三筆並みの流麗な筆致で、信じられないほど不出来な和歌を恋人に送る人物だということを——。

（あなた達は、まだ本当の宮様のことを知らないでしょう）

あるいはその姿を見れば、百年の恋も冷めるかもしれない。そこまではなくとも、思っていた人とはぜんぜんちがうことに衝撃を受けるだろう。

だが伊子は、そのぜんぜんちがう部分こそが一番愛おしい。あるいは自分だけが知っているという、その優越感自体が愛おしいのかもしれない。自然と緩んだ口許を檜扇で隠すことも忘れて伊子は高らかに歌う嵩那の姿を眺めていた。

ふと視線を感じたのは、そのときだった。

（誰？）

ぐるりとあたりを見回し、自分を見つめる高倉典侍に気づく。反射的に目をそらしかけたが、それもちがうとすぐに思い直し気持ちを奮い立たせる。

伊子はふたたび、高倉典侍と見つめあった。

一瞬間のあと、どこからか女の金切り声が響き渡った。

びくりと肩を震わせる者、聞き違えたのかという顔をする者、悲鳴がしたほうに目をむける者と殿舎にいた全員がざわつきだす。

「な、なにごとかっ⁉」

鋭い声をあげた顕充の声を受けるよう、左近衛大将が立ち上がった。

「左大将様、あちらでございます」

高欄の下で衛士が北東を指差した。伊子が住む承香殿、さらにその奥に麗景殿と梨壺がある方角だ。左近衛大将を先頭に、武官達が簀子を走っていった。参加者達は男も女も一気に酔いが醒めたようになり、不安げな面持ちでたがいを見つめあった。

「いったいなにが……」

勾当内侍が言い終わらないうち、伊子は立ち上がった。

「姫様⁉」

「か、尚侍の君？」

驚きの声をあげる千草と勾当内侍をよそに、寝殿を横切って宴席と反対側の簀子に出る。

先に見える滝口の付近で、警護の武者達が東の方向に走ってゆくさまが見えた。すでに悲鳴は途絶えていたが、おかげで事がどこで起きたのか目処(めど)がついた。

（あっちね）

行こうとした矢先、追いかけてきた千草に叱りつけられた。

「姫様、一人で出ていかないでくださいまし！」

「そんなことを言ったって、女官達になにかあったらどうするのよ！」

文句を言いあいながら二人は、弘徽殿と麗景殿をつなぐ長い渡殿(わたどの)に出た。そのちょうど真ん中、すなわち承香殿の前に左近衛大将達が集まっていた。彼らに取り囲まれるようにして、一人の女房がへたりこんでいる。

「落ちつかれよ。そのように脅(おび)えていては、なにも分からぬではないか」

なだめるように左近衛大将が言うと、女房はようやっと顔をあげた。三十過ぎと思われるその女房は、伊子にとってまったく見知らぬ顔であった。

「高倉典侍の女房ですわ」

千草の証言に合点(がてん)がいった。どうりで認識がないはずだ。

相手が相手だけに自分が出しゃばるわけにもいかず、さりとて関係なかったと立ち去ることもできず、伊子は遠巻きに左近衛大将の対応を見守っていた。

がたがたと震えていた女房は、左近衛大将に促されて何度か深呼吸を繰り返した。そうして少し落ちつきを取り戻してから、承香殿を指差した。

「そ、そこに主上(おかみ)が……」

「なに？」

左近衛大将は怪訝(けげん)な声をあげた。あたりまえだ。この騒ぎが起きるまで、帝は清涼殿の御座所(おましどころ)で管弦に耳を傾けている最中だった。

「なにを馬鹿なことを申しておる。主上はいま――」

「だからおかしいのです！」

女房は金切り声をあげた。

「主上は清涼殿におられるはずなのに、麴塵(きくじん)の袍を着た人物がそこにいたのですから」

宴は中止となり、内舎人(うどねり)や衛士達によって周囲の捜索が行われた。

その間、主たる朝臣(ちょうしん)達は帝の傍で報告を待っていた。さすがに八歳の玼子は下がらせていたが、女房達も同じように控えている。

「それにしてもなんと畏(おそ)れおおいことを。ろくに顔も見えなかった相手を、麴塵の袍だけで主上の生霊(いきりょう)と勘違いするとは」

殿上人の一人が腹立たしげに言う。件の女房は高倉典侍とともに梨壺に局を与えられており、用向きのために宴を抜けて戻る最中、承香殿の前にたたずむ麴塵の袍を着た人物を見つけて先ほどの悲鳴とあいなったのだ。

長年女房として御所に仕えていたゆえに、麴塵の袍だとすぐに気づいたのがある意味で災いした。これが帝の姿を拝する機会の少ない雑仕女なら、色目など気にも留めずに誰かがいるぐらいにしか思わなかっただろう。

自分の女房を非難された高倉典侍は、気丈に弁明をする。

「確かにはしたなくあのように大声をあげたことは、私の女房の粗相でございます。さりなれど、ならばあの場でいったい他に何者が、麴塵の袍を身につけるというのですか？」

存外に強気に出られたとみえ、殿上人はぐっと言葉を詰まらせる。

「……だ、だからといって主上の生霊などと、罰当たりが過ぎるでありましょう。そもそもいま主上がお召しの衣は、麴塵ではないではありませぬか」

今宵の帝の装束は、日常着である白の御引直衣と緋色の袴である。ちなみに公卿達から離れた、やや暗い場所に控える極臈は今日も麴塵の袍を着用しているが、悲鳴が聞こえたときに彼がこの場に居たことは皆が見ている。

それまで黙っていた極臈が、遠慮がちに口を開いた。

「件の女房が目にした色は、まことに麴塵でございましたか？」

この発言に高倉典侍の眉がつり上がった。

「私の女房は偽りを申すような者ではございませぬ」

「なればこそ申し上げているのです。この暗さで色が分かったというのなら、燈籠の明かりは点っていたはずです」

あっ、と朝臣のうちの誰かが声をあげた。

極臈はうなずくと、軒先に吊るされた燈籠の真下に歩み寄る。すると明かりに照らされた上半身の衣が、赤茶色にと変わった。

麴塵の袍は、太陽の下では黄味をおびたくすんだ緑。燭下では赤茶色に見えるという二色性を持つ色彩であった。

迂闊にも失念していた真実に、全員が黙りこんだ。

「となると他の色を見間違えたのか、あるいはこの世にあらざる存在であったのか……」

左近衛大将の不気味な発言に、ひいっ、と女房達の間で悲鳴があがり、朝臣達の中でも特に迷信深い者達は、おびえたように袖口で顔をおおっている。

「ああ、あなや」

「お、おそろしや……」

「いや、普通に不審者と考えたほうが……」

なんとか空気を変えようとしてか嵩那が口を挟むと、左近衛大将は申しわけなさそうに後頭部をかいた。自分の発言が、人々を動揺させるとは考えていなかったようだ。

「されど事が起きてから随分と経過しているというのに、未だ不審者は見つからぬではありませぬか」

朝臣の一人が嵩那に異議を唱えた。捜索はいまも行われているが、それらしき者を捕えたという報せはない。女房のもとに左近衛大将達がかけつけた時間差からして、それほど遠くに逃げおおせるはずがないというのに、不審者の影も形もなかった。

単純な疑念が未知のものに対する恐怖にと傾き、清涼殿の空気がじわじわと張り詰めてゆく。

「いずれにしろ、件の者はいったいなにが目的で承香殿の前になど?」

首を傾げつつ言ったのは右大臣だ。

そう問われると承香殿の主として答えなくてはいけない気もするが、伊子にはなにひとつ覚えがない。相手が人であろうと人ならざるものであろうと、主の不在時に黙って中のようすをうかがうような者に心当たりはない。

「尚侍の君に御用事があったのでは?」

そう言ったのは高倉典侍だった。

簡潔な言葉の真意が分からず、伊子は身構える。帝の御座所を挟んでいるので彼女の姿は見えないが、その声音(こわね)は不安と恐怖に満ちた中にやけに冷ややかに響いた。

軽い苛立(いらだ)ちを覚え、それを隠さないまま少々強い口調で伊子は言う。

「私にいったい何者が、いかなる用向きで現れたというのですか？」

「先帝様です」

清涼殿が一気にざわつく。

先帝とは身罷(みまか)られた今上(きんじょう)の祖父。三日後に年忌(ねんき)を行う人物の名に、朝臣達の表情は強張(こわば)った。

「爺様(じじさま)？」

確認するように帝が問う。

「はい。ご一周忌を間近に控え、先帝様は尚侍の君になにか仰(おお)せになりたいことがおありなのでは」

最初伊子は、高倉典侍がなにを言っているのか分からなかった。

額面通りに言葉を受け止めはしても、結局真意が不明なのだ。

「私は先帝様とは、一面識もございませぬが」

困惑気に伊子は答えた。それどころか、遠巻きにもその姿を拝したことすらない。なにしろ伊子は先帝によって、先の東宮への入内の道を断たれたのだ。父・顕充が先帝の勘気を蒙ったことが原因だったが、そのおかげで三十二歳の今日まで独り身でいる。言いたいことがあるというのならこちらの台詞だ。

先の帝は苛烈な気性で、自分の意に添わぬ者は片っ端から遠ざけていた。

父・顕充は長年不遇を託ち、先の東宮に至っては失意の果てに亡くなった。彼にとって無二の恋人であった斎宮の君との仲を、父親に無理矢理裂かれたことが原因だ。時には人の心を踏みにじってまで己の意のままにふるまっていた人間が、死んでまでもいったいなにを心残りがあるというのだ。まったく、強欲にもほどがある。

万が一にでも口に出しては不敬と咎められるであろう反発を、伊子は心の中で抑えこんだ。

「なるほど。確かに先帝様は、いくたりかの方々を御所から遠ざけておられましたな」

ここぞとばかりに言ったのは右大臣だ。

笏の先で顎を押さえ、此見よ顔で顕充に目をむけている。

要するに右大臣は、先帝の勘気を蒙った顕充とその娘である伊子、あるいは弟の実顕まで、左大臣家の人間が御所で幅をきかせている現状を非難しているのだ。ちなみに非常に独善的だった先帝はすべてを自分で決めていたので、これといった寵臣を持たずにいた。ゆえに右大臣も格別優遇されていたわけではない。

右大臣の嫌味に、顕充はたちどころに表情を険しくした。とはいえ直接名前を上げられたわけではないので、とやかく反論することはできないままだったが。

伊子は非常に不愉快な気持ちになった。帝を挟んでいたため高倉典侍の姿が見えないことは幸いだった。もしも彼女の姿が見えていたら、今頃は火花を散らしあっていたかもしれない。

つまり高倉典侍は、いまになって先帝が姿を見せた理由は、父親共々遠ざけていたはずの伊子が孫に侍っていることが気に食わないからだろうと当てこすっているのだ。

（まったく腹立たしい！）

亡き人を利用する、その姑息さが気に入らない。

乳母として伊子の存在が気に食わないのはとうぜんなのだから、それなら堂々と「あのような年増に執心するのはおやめください」とでも帝に進言すればよいのだ。十六歳の少年が母親のような年齢の女を妃に所望するなど、高倉典侍の立場にあれば伊子だって諦めるように説得する。伴侶とするなら共に長い年月を刻むことができる、比翼の鳥とも連理の枝ともなりうる相手こそがふさわしいのだと言うにちがいない。

いらいらとうんざりが募りきった伊子は、ついに開き直った。

「確かに件の御方が先帝様の御霊でございますれば、いかなる光を浴びようと麹塵の色は保たれたままやもしれませぬね」

よりによって一番おびえるべき立場である伊子の強気な言葉に、その場にいた者達はあ然とする。しかし伊子はまったく動じず、それどころか声を張り上げて言った。

「主上。このさいでございますから、僧侶でも憑坐でもじゃんじゃん呼んでいただいて先帝様のご無念を是非お確かめくださいませ」

僧侶はもちろん、憑坐もじゃんじゃん呼ぶ類のものでもない。

伊子の乱暴な言い分に、年配の朝臣等は眉をひそめる。

別件の祈禱により偶然にも下ろされた先の東宮の霊により、ひと騒動が起きたのは半年程前のことだった。あの記憶がはっきりと残っている状況では、祈禱や憑坐の言葉は気休めではけしてなかった。

そんなことは伊子も分かっている。

だからといって亡くなった人間の意向に、生きている者がいつまでも振り回されつづけるなどまっぴらごめんだった。換骨奪胎という言葉もあるが、闇雲に因習だけを守りつづけることは、故人の意志を尊重するのとはまったく違う。

最初は気圧(けお)され気味に伊子の主張を聞いていた帝は、そのうち気を取り直したように言った。

「爺様(じじさま)ではないよ」

静かに告げられた言葉に、それまで興奮していた伊子はすっと冷静になった。朝臣達も不意をつかれたように目を円(まる)くしている。帝の影にいる高倉典侍は、残念ながらどのような表情をしているのか分からなかった。

「爺様ではない」

もう一度帝は繰り返した。

朝臣や女房達の視線がいっせいに帝に集まる。

「爺様は、自分の望みや考えはすべて押し通す方だった。たとえ周りの者をどれほど傷つけたとしても——その御方が、いまさらこの世になんの未練があるというのか」

先帝に対する非難とも取れる帝の言葉に、誰もがなにも言えずに口をつぐむ。

今上は亡くなった先の東宮の忘れ形見として、先帝に溺愛(できあい)されて育った。

彼はおりにつけ祖父に対する感謝の言葉を口にするが、天子としての姿勢はけして踏襲(とうしゅう)していない。

余りあるほどの愛情をくれた祖父を身内として愛していても、天子としてときには非難しなければならない。そんな情と責務の乖離を、この少年はどのようにして折り合いをつけているのだろう。

伊子の中に痛ましさと同時に、帝に対する尊崇の念が込みあげてくる。

「畏れながら申しあげます」

沈黙の中、口を開いたのは顕充だった。

「人の心の深層は見えぬもの。果敢な生き様を貫かれた先帝様にとて、人知れない無念があったのやもしれませぬ」

先帝の独善により長年不遇を託っていた人間の言葉とも思えぬが、万が一にでもこの騒動が自分の台頭によるものだとしたら実顕も戸惑うだろう。今上は即位をするや否や、顕充を左大臣という地位にふさわしい扱いで遇してくれた。

だからこそ顕充の今上に対する感謝は誰よりも強く、それゆえにいま帝の心を引き裂こうとする二つの感情の乖離に気づいたのかもしれない。

「さもありなん」

帝は言った。

「されど亡くなった者の意向におびえるあまり良き事が阻まれるのであれば、人の寿命がなんのためにあるのか分からぬのではないか」

先ほど伊子が反発交じりに思ったことと、似たようなことを帝は述べた。

伊子はうっすらと唇を開いたまま、帝の横顔を見つめた。

大殿油（おおとのあぶら）の明かりに照らされた秀麗（しゅうれい）な面差（おもざ）しは、この世の禍々（まがまが）しきをすべて消し去ってしまいそうな清廉（せいれん）なたたずまいを放っている。十年前はまだ幼かったあの一の宮は、これほど立派な天子にと成長していたのかと思うと、その見事さに圧倒される。

伊子はしばしの間、なにもかも忘れてこの少年の姿に魅入（みい）っていた。

心が洗われるとは、まさにこのことである。

帝は桜の花びらのような唇を、ゆっくりと動かした。

「私は天子として、自分が良き事と思えばそれを遂行（すいこう）する。たとえそれが先の方々の意向に添わなかったとしても、いまこの世に在る者として、生きている者達のほうを大切にしたい。それによって私の身になにか禍（わざわい）が降りかかろうと覚悟はしているよ」

「いったいなんなの！　あの分かったような上から目線の物言いは」

「言うに事欠いて、先帝様が姫様に文句を言いに来ただなんて。典侍（すけ）風情（ふぜい）が尚侍（ないしのかみ）様に、まったく身の程を弁（わきま）えないにもほどがあるわ」

承香殿に戻ってからというものの、千草をはじめ伊子の女房達は高倉典侍に対してずっと気炎を吐きつづけている。ちなみに典侍は内侍司の次官にあたる上臈で、公卿や殿上人の娘が補せられるものだから相当に身分は高い。

それでも大臣の娘が任ぜられる尚侍に比べればその地位は劣るし、そもそも高倉典侍の場合、帝の乳母ということでその官を授かったに過ぎず、彼女自身は受領の娘で夫も五位の官吏だったはずだ。もちろん母娘二代続けて東宮の乳母を任せられてきたのだから、高倉典侍の能力や忠誠心に疑いはないのだろうが。

ともかく、その程度の分際で尚侍に突っかかろうとは不敬が過ぎるということらしい。

盛夏の蟬のような女房達ののしり声を聞き流しつつ、伊子は承香殿にいたという不審者のことを考えていた。

(引っかかる……)

あれだけの騒ぎになったというのに、目撃者は第一発見者ただ一人だ。しかもそれは高倉典侍の女房で、彼女の証言を盾に高倉典侍は伊子を追いつめる発言をはじめた。そう考えると、どうしても疑わざるを得ない。

そのとき勾当内侍の訪問が告げられ、さすがに千草達も口をつぐんだ。勾当内侍に対して好意を抱いていても、職員の彼女は高倉典侍のかつての同僚である。しかもそれなりに親しくしていたようなので滅多なことを聞かれては困る。

　中に入ってきた勾当内侍は、伊子の顔を見るなり言った。

「今宵の宴では、尚侍の君はたいそうご不快な思いをなされましたでしょう」

「不快にはちがいないけど、どちらかというと不審のほうが強かったかしらね」

　苦笑いをしつつ答えた伊子に、勾当内侍は戸惑った顔をする。

「実は尚侍の君にかんして、高倉典侍からいろいろと訊かれまして……」

　伊子の顔から笑みが消えた。眉根を寄せた険しい表情で、脇息から身を乗り出す。

「いったいなにを？」

「どういったお人かと……要は私が持つ印象を聞かれたのです。ですから聡明で責任感の強い、尚侍として申し分のない御方だとお答えいたしました」

　真正面から手離しで褒められて、さすがに照れた。しかも勾当内侍のように外柔内剛の辣腕女官の口からとなるとかえって畏れ多い。

　勾当内侍にその意図はなかったようで、変わらぬ調子で話をつづける。

「なぜそのようなことを訊かれるのか不思議に思っていたのですが、今日のやりとりでなんとなくですが意図が分かりました」

「なんですか、いったい！」

それまで黙っていた千草が、噛みつかんばかりの勢いで叫ぶ。剣幕に勾当内侍は、自分が怒られたわけでもないのにびくりと肩を震わせた。

「私に尚侍の職を辞させて、帝から遠ざけたいのよ」

投げやりな伊子の言葉に、千草達はぽかんとなった。いっぽう勾当内侍はなんとも気まずげな表情でそっと視線をそらした。

昔馴染みの勾当内侍から、なんとか伊子の失点を聞き出そうとした。それを理由に職を辞させようと企んだのかもしれない。しかし勾当内侍は、安易に人の悪口を口にするような女人ではない。

「え、なんでそんなことを？」

「手塩にかけてお育てもうしあげた養ひ君様が、自分とそう変わらない年の女を妃に迎えたいと言っているのよ。乳母として、普通に考えて阻もうとするでしょ。千草だって幸丸が自分と変わらない年の女人のもとに通いはじめたら嫌でしょ。勾当内侍も、蛍草殿がそんな年長の女人を妻に迎えたらどうなさる？」

幸丸というのは千草の十四歳の長男で、左大臣家で家人として働いている。母親に似てきぱきと働くしっかり者の少年だった。

息子の名前を出されて、さしもの千草も気難しい表情になる。そのいっぽうで勾当内侍は迷うことなく即答した。

「いえ。私はあの子が他所の女人に目を向けてくれるのなら、九十九髪の老婆でも若紫のような童女でもいっこうにかまいませぬ。もちろん童女の場合は、最低裳着を迎えるまでは待つことが条件でございますが」

愚問だったと伊子は額を押さえた。常軌を逸した母大好きの息子を、このままでは女人と恋をすることもできないのではと勾当内侍は常々危ぶんでいたのだ。

「……ごめんなさい。訊いた私が間違っていたわ」

「いえ、私の場合は参考にもならぬ特例でございますから」

自覚はあると見えて、勾当内侍は苦笑混じりに言った。

「高倉典侍は、主上にとってまことの母にも劣らぬ存在でございました。彼女自身が先の東宮様の乳兄妹ということもあり、亡き父君に代わってなおさら主上をご立派にお育てもうしあげなければという思いが強かったのかと存じます」

「ご立派には、お育てもうしあげたと思うわよ」

素直に伊子は言った。先ほど臣下達に見せた毅然としたあの姿は、天子としてまことに申し分のないものだった。それはいまさら感じたことではなく、常日頃のふるまいを見ても痛感している。

先人を尊ぶ謙虚さと伝統を継承しようという責任感を持ちながらも、同時に因習を打破しようとする気概もある。若き天子として、これ以上の逸材がありえようか。

もちろん帝本人の資質はあっただろう。さりながらそこには、高倉典侍の乳母としての奉公も大きかったにちがいない。

高倉典侍からすれば帝の伊子に対する執心はまさしくご乱心で、なにを賭してでも阻まなければならないという使命感に燃えているのかもしれない。

「もしかして」

女房の一人が思いついたように口を開く。

「先ほどの騒動も、姫様を貶めるために……」

「そうかもしれないわ。だって目撃者の女房は、高倉典侍のお付きだったのでしょう」

真っ先に同意した千草に、伊子は渋い表情を浮かべる。確かについ先刻、自分も同じことを考えていた。とはいえ証拠はないし、なにより勾当内侍がいる場所で口にすべき疑いではない。

「おやめなさい」

短い言葉で咎めると、すぐに察したと見えて千草達は口をつぐんだ。勾当内侍は困惑した顔をしているが、彼女であれば口止めをすれば黙っていてくれるだろう。

「ごめんなさいね、口が過ぎて」

「いいえ。大丈夫ですわ」

　すべてを察しているというように、勾当内侍はうなずく。

　ひとまず胸を撫で下ろしたあと、ぼやくように伊子は言った。

「まったく困ったものね。何度も言っているけれど、私はあのようにお若い帝に入内をするなど、畏れ多くてとても考えられないのに」

　だというのに、世間はなかなか信じてくれない。特に右大臣などは、年齢的に体裁が悪いので、入内ではなく出仕という形を取ったなどと思いこんでいる有り様だ。

「高倉典侍もそこまで私が目障りなら、つまらない嫌がらせをするより命がけで主上を説得してくれればいいのに」

　癪には障る相手ではあるが、高倉典侍の説得が功を奏して、帝が自分を諦めてくれればいいのにと思いはする。

「それができないから、姫様を自ら下がらせようと必死なんじゃないですか」

　もっともな千草の言い分に、伊子はうんざりした。

　理屈は分かるが、出仕したかぎりは辞めるのだって帝の許可が必要なのだ。いまの様子では身内に不幸でもないかぎり、とうてい暇の許可は出ないだろう。もっとも伊子は御所を退くつもりなど毛頭ないのだけれど。

そこでしばらく黙っていた勾当内侍が口を開く。

「さりなれど私は、尚侍の君が御自分で仰せになるほど、主上と不釣合いだとはけして思いませぬが」

「え？」

「確かにご年齢は離れておられますが、古今東西例のない話ではございませぬ。おのれの年齢も顧みず、若い女人ばかりに固執する高齢男性よりはよほどよいかと」

「分かりますよ！　自分はしみ皺だらけの小汚い面相なのに、女は十六歳以下じゃないとかほざくずうずうしい中年男ってけっこういますもんね」

いきいきと語る千草に、別の女房が強く同意する。

「いるいる！　馬鹿じゃないのって思うわよね。若い女だって若い男がいいに決まっているのに。肌艶や声の張りとかを比べたら一目瞭然なのに、格好だけ若々しくしてかえって痛々しいというものよね」

「そうそう。いくら若く装っていても分かるわよね」

「年の割には若く見えると言われていい気になって、本当に若い男には敵わないって分かっていないのよね」

「笑いを通り越して、哀れにさえ思えてくるわ」

そこで女房達はいっせいに大爆笑した。まったく気持ちよいぐらいに言いたい放題である。加齢による外見の衰えにかんしては男女同じだが、一般的に女人のほうは、自分の年齢を顧みずに相手の若さに固執することは少ない。

あ然とする勾当内侍に、伊子はささやく。

「ごめんなさいね、本当に躾が悪くて」

「いいえ。私も多少は同意でございます」

苦笑交じりに答えたあと、勾当内侍はしばし考えるように間をおいた。

やがて伊子の顔をのぞきこむようにして、声をひそめた。

「先ほど私が申しあげましたことは、けしておべんちゃらや偽りではございませぬ。年若い方ばかりのいまの後宮には、いま少し年長のしっかりした女人がおいでになられたほうがまとまるものとは存じます」

高倉典侍の思惑とは、まったく正反対のことを勾当内侍は述べた。あるいはこの場の空気を読んで、自分が高倉典侍側についているわけではないと訴えるつもりだったのかもしれない。

しかし問題はそこではないのだ。

勾当内侍は、伊子の嵩那に対する想いを知らない。

いっぽうで事情を知っている千草は、なんとも複雑な面持ちで伊子と勾当内侍を見比べている。

「とはいえ……」

からりとした口調で勾当内侍は切りだした。

「掌侍（後宮女官の三頭官。勾当内侍は掌侍の第一者の名称）といたしましては、尚侍の君のような上役には是非とも御所に留まっていただきたいのでございますが」

伊子が目を円くすると、勾当内侍は口許に手をあてて品良く笑った。

「そうですか。高倉典侍がさようなことを……」

伊子から聞いたばかりの話を咀嚼でもするように、少し間を置いてから嵩那は言った。

二人が立つ弘徽殿と承香殿をつなぐ渡殿からは、滝口の陣で焚かれている赤々とした篝火が見えた。

勾当内侍から聞いたことを、いま嵩那に話したところだった。

年忌を明後日に控え、嵩那は式部卿の長官として慌しい日々を過ごしている。以前は日中に訪れていた茈子の元も、近頃は星が上がった時間にしか行けないのだという。しかもこれはまだ序の口で、来月には帝にとって一世一代の大行事・大嘗祭が執り行われるのだから、とうぶんはこの忙しさはつづくという話だった。

それが分かっているから気軽に呼ぶこともできなかったのだが、清涼殿から戻る最中に彼と鉢合わせたことは本当に幸いだった。

「騒動が起きたときは、ここぞとばかりに当てこすりを言って、私をなんとか御所から下がらせようと目論んでいるものかと考えましたが、その勾当内侍の話を聞きますと、あるいは主上の御意向のほうを変えようという魂胆だったのかもしれません」

そもそも目撃者の女房の証言自体、高倉典侍が仕組んだ虚言かもしれない。そんな疑念を伊子は呑みこんだ。

嵩那は鼻で笑った。

「だとしたら高倉典侍も、ずいぶんと幼稚なことを」

「まことに。主上がそのようなことに惑わされるはずがございませぬのに」

伊子は断言した。

一人の孫として祖父に対する敬意は疑うべくもないが、それと同時にあの少年は天子としての俯瞰した視点を持ちあわせている。祖父であろうが父であろうが、時勢にそぐわぬものは受け入れられぬ。それで祟りが起きるというのなら天子として自らが引き受けもしようという覚悟を、あの若者は備えているのだ。

「まったくあのお若さで、よくぞあのように立派なお心構えをお持ちになられたことだ」

嵩那の称賛に伊子は首肯した。

「まことに。心身ともに若竹のように、日々ご成長あそばされてございます」

「私も油断はしておられぬやも……」

ぽつりと嵩那が漏らした言葉に、伊子は目を見開く。

嵩那はなにも言わなかったかのように、澄ましたまま軒端のむこうで輝く星々を眺めている。滝口の陣で赤々と燃える篝火が、彼の整った横顔の描線をほの暗く浮かび上がらせた。

伊子は視線を自分の手元に戻した。

なぜだか分からないが、急に恥ずかしくなった。喩えるなら自分でも気づかなかった深淵にあるものが、出会い頭に明るみに引きずりだされてひと目に晒されたような——伊子の中で蛍の光のように音もなく点ったそれは、すぐさま光も届かぬさらなる深みに引きずり込まれていった。

軽く頭をふったあと、余計なことは考えるまいと思い直した。

昨日の騒動を受け、伊子は帝に対する敬意をさらに深くした。なんとしてもこの君をお支えして差し上げたいと切に願っている。そのいっぽうで妃に望まれながらも頑なに拒みつづけている実情を考えれば、尚侍として支えたいという思いは単なるおためごかしではないかと考えることもある。

とはいえ尚侍としての出仕はあくまでも帝の要請だから、それ以上の天子の思惑を伊子がとやかく想像することは僭越でしかないのだ。

「いずれにしろ」

嵩那が切りだした。

「年忌が終われば高倉典侍は退出するでしょう。それまで足をすくわれないように十分注意をして――」

言い終わらないうちに、床がみしりと音を立てた。

反射的に顔をむけた伊子だったが、次の瞬間に血の気が引いた。

麗景殿側の渡殿の先に、高倉典侍が立っていたのだ。燈籠の光がわずかに届く暗い場所で、お付きもつけずに一人でたたずんでいる。さえぎるものがなにもない渡殿で、彼女の眼差しはまっすぐ伊子達にむけられていた。

息を呑む伊子の横で人影が動く。気がつくと嵩那が前に進みでていた。

燈籠の明かりと篝火という二つの炎が、親王色の深紫の束帯を目も眩むほどに明るく輝かせる。

「いかがなされた？」

厳かに嵩那は尋ねた。生来の気品と美貌を保ちながらも、常ににじみでている人好きのする朗らかさは消えていた。

高倉典侍は、篳篥のように低い声で言った。

「お話がございます」

「話？　私にか？」

「宮様にもです」

「……にも？」

嵩那は訝しげに問い返したはしたが、伊子もこの状況で高倉典侍が自分に用がないとは思っていない。

「では、どうぞお話しくださいませ」

嵩那の背中越しに伊子は声を張った。高倉典侍は一瞬黙したあと、まるで取り成すように声をひそめた。

「よろしければ私の局においでください」

「あなたの局に？」

とうぜんながら不審な思いを抱く伊子に、高倉典侍ははっきりと言った。

「密事でございますゆえ」

「……」

「さようにしていただくことが、ご賢明かと」

恩着せがましい物言いに、伊子は眉間にしわを刻んだ。とはいえ短気をおこして聞きたくないなどと言うわけにもいかない。自分と嵩那の双方に話があるのだという高倉典侍の意図は否応でも想像がつく。

「私はかまわぬ」

きっぱりと嵩那が答えた。そうして彼は伊子のほうを顧みる。目が合うまでもなく伊子は即座にうなずいた。

「私もよろしゅうございます」

避けたところでどうにもならない。高倉典侍の目的は薄々予想はできるが、ここまできたらはっきりと確認するべきだ。

「では、おいでくださいませ」

そう言って高倉典侍は、くるりと踵を返した。

伊子と嵩那はたがいにうなずきあい、それぞれに足を踏み出した。

梨壺に設えられた高倉典侍の局に入ると、すでに三人分の座が用意されていた。つまりは最初から、伊子達を招き入れるつもりで渡殿に出てきたということだ。数名居たはずの女房達も遠ざけられたようで、あたりに人影は見られなかった。

周りを囲う練絹の几帳が隙間風に揺らぎ、金彩を施した巨大な屏風には楓紅葉、銀杏黄葉、櫨紅葉、桜紅葉等々のさまざまなもみぢが大胆に描かれ、高倉典侍と嵩那の影を大きく映し出している。灯火を遮られてもなお赤々と映える彩色に、なんと見事な屏風絵かと目を奪われていると、察したように高倉典侍が言った。

「これは先の東宮様がご存命のおりに、お気に入りの絵師に描かせた品物ですわ」

「さようでございましたか。見事な品でございます。先の東宮様は趣味の高い御方でございましたのね」

相手の出方が分からないだけに、無難な言葉で伊子は返した。

彼の妃候補ではあったが、伊子は先の東宮の人柄も趣味もまったく知らなかった。ただ斎宮の君との悲恋を知っているだけに、ひどくあはれな方であったという印象を持っているだけだ。

「聡明でゆかしく、まことに慈悲深い御方でございました。ご存命であればきっと名君におなりあそばされていたでしょう」

高倉典侍の語りは淡々としていたが、奇妙な熱がこもっているように聞こえた。そこから帝位に即くことなく若くして世を去った乳兄妹への無念や執着を感じた。

「それにいたしましても久方ぶりの参内をさせていただき、女房達がいきいきと仕えるさまを見て、私はほとほと思いましてございます」

「？」

「先の東宮様も、尚侍の君のように地に足のついたしっかりした女人が入内して下さっていたのなら、もう少し長生きできたのではないのかと……」

以前にも似たようなことを言われたが、伊子はどう応じてよいのか分からなかった。

先の東宮はもともと極端に身体が弱かった人だと聞いているし、その状態の彼にとどめをさして失意のどん底に突き落としたのは、唯一無二の恋人・斎宮の君との仲を引き裂かれたことだ。帝の母親である左近衛大将の妹を妃に迎えていた先の東宮が妻にと望んでいたのは、後にも先にも斎宮の君だけだった。

その彼にとって伊子の存在など、塵芥と同じものだったにちがいない。

あるいは高倉典侍は、斎宮の君の存在を知らないのだろうか？　そうなると迂闊に彼女の名前を口にすることもできずに伊子は口ごもるしかできなかった。

（この人は、いったいなにが言いたいの？）

高倉典侍の目的が分からない。よもやそんな〝たられば〟の昔話をするために、嵩那ともども呼んだわけでもあるまい。ここに招き入れられた経緯にしても、参内当日に渡殿で向けられた意味深な眼差しを考えてみても、高倉典侍が伊子と嵩那の関係を勘ぐっていることは間違いなさそうなのに。

痺れを切らしたのは嵩那だった。

「それで話とはいったい？」

単刀直入な問いに、高倉典侍は〝ああ〟と軽くうなずいた。自分が呼び寄せたことを忘れたかのような態度に不快感を覚える。

高倉典侍は香色の袖口で口許をおおい、上目遣いに嵩那を見つめた。嵩那は警戒するような表情で、その眼差しを受け止めた。

「……なにが言いたい？」

「私、十年前のお二人のご関係のことを存じております」

はっきりと分かるほどに、嵩那は表情を硬くした。もちろんそれは伊子も同じで、あるいは彼よりも動揺の色を強くにじませているかもしれなかった。

対照的に高倉典侍の声は、ゆったりと余裕に満ちている。袖口に隠された表情は、きっと優越感をみなぎらせているにちがいない。

「実は私の知りあいが、かつて左大臣家にお仕えしておりまして……」

訳知り立てに告げる高倉典侍に、そんなところだろうと伊子は思った。

あの当時は、二人の関係を隠そうなどと思っていなかった。

嵩那が伊子のもとに通いはじめた頃は、すでに先の東宮は亡くなって入内の可能性は完全に断たれていた。だから伊子のもとに嵩那が通っていても、なんの問題もなかった。

世間の評判にならなかったのは、顕充の失脚もあって世間が伊子に対しての興味を失っていたからだろう。もちろん交際期間そのものが短かったことと、誤解からとはいえあんなひどい別れ方をしてしまったので、交際を他人に話す気にならなかったというところも大きいと思う。同じ頃に千草は出産で里帰りをしており、事情を知っている家人はわずかしかいなかった。しかもその者達はとうの昔に左大臣家を出てしまっている。

なるほど。そのうちの一人が、高倉典侍と通じていたというわけか。

独り身の伊子が誰を通わせようと、周りからとやかく言われる筋合いはない。この件にかんして自分にはなにひとつ非はないと胸を晴れるが、さりとて嵩那のことを考えると公にはしたくなかった。いくら帝自身がすでに知っているとはいえ、まわりの者が嵩那を見る目は厳しくなるだろう。

どう応じたものかと思案する伊子を、高倉典侍はぴたりと見据えた。

躊躇ない視線をむけられ、伊子はふたたび身構えた。

「口外されたくなければ、尚侍の職を辞してくださいませ」

ずいぶんと直截にきたものだ。

若い帝の心を惑わす小癪な年増など一刻も早く御所から立ち去らせたいというわけだろうが、正直ここまで直接的に言われるとは考えていなかった。

伊子の返事を待たず、高倉典侍は嵩那にと視線を動かした。

「このことが明るみに出れば、宮様も御所に居づらくなりますでしょう」

さすが海千山千の女房だけあって、的確に伊子の痛いところをついてくる。

恥じることなどなにひとつないのだから、過去のことなど公になっても構わない。それができないのは、ただただ嵩那の立場を考えてしまうからだ。

「いかがですか。口外して欲しくなければ――」

「口外したければするがよい」

はっきりと嵩那は言った。

伊子は目を見開く。厳かなたたずまいを保った嵩那からは、虚勢はもちろん気負ったところもまったく見られなかった。

予想外の反応だったと見えて、高倉典侍はぽかんと口を開いている。先ほどまで口許に当てられていた手は力なく落ちてしまっていた。

「自分の恋をいちいち人に吹聴するつもりはない。されど隠そうとも思っていない」

堂々とした嵩那の語りぶりに、高倉典侍は圧倒されている。

伊子はうっすらと唇を開いたまま、嵩那の姿を見つめた。凛として美しい人だと、心から感じた。

「過去であれ現在であれ、私は自分の恋を恥じるつもりはない」

宣言するような嵩那の物言いが、心に突き刺さった。

鼓動が静かに脈打ち、まるで水が流れこむように喜びで胸が満たされる。

同じ価値観を持っている。過去の恋、そして現在の恋もまた心が通じあっている。そのことを実感して、これほど緊迫した状況だというのに自然と笑みが浮かんでくる。

ふとこちらをむいた嵩那が目配せをするようにうなずく。伊子は微笑を浮かべたままうなずきかえした。

嵩那はふたたび高倉典侍に視線を戻した。

「ついでに言っておくが、主上は私達の過去の関係にかんしては、もうずっと前からご存じだ」

「!?」

さすがにこれは予想外だったとみえ、高倉典侍は顔を強張らせた。

十年前。三人が斎院御所で顔をあわせていたときから、帝は伊子達が惹かれあっていることに気づいていたと言っていた。

とうとう高倉典侍は、なにも言えなくなった。

「話がそれだけなら、私達はもう帰らせてもらう」

言うや否や嵩那は立ち上がった。屏風に映っていた彼の影が大きく揺らいだ。

その瞬間、伊子は目を瞬かせた。

しかし思いつきをしっかりとした考えに転換する前に、嵩那が手を差し伸べてきた。

「戻りましょう」

確かに、いまこの場で結論を出す必要はない。

伊子はうなずくと、嵩那の手を取って立ち上がった。

「まったく分を弁えないのにもほどがある！　典侍、しかもすでに御所を下がった身でありながら、尚侍に対して暇を促すとは」

梨壺を出るなり嵩那は、彼には珍しく怒りを爆発させた。

言葉だけ聞いていればまさしくその通りだが、高倉典侍もそれだけ帝のことを心配しているということだろう。

（でもそのつもりなら、私に退くように促す前に主上に私達のことを告げ口しそうなものだけれど……）

帝は伊子達の関係を知っているからなんの意味もないが、少なくとも先ほどの段階で高倉典侍はそのことを知らなかった。左大臣家の権勢を慮ったのかもしれないが、やり方がいちいち回りくどい。帝のもとから去れという目的だけは、あれほど単刀直入に口にしたというのに。

「こうなると、先日の亡霊騒動の証言も怪しいものだ」

忌々しげな嵩那の言葉に、伊子は物思いから立ち返った。

そうだ。高倉典侍の目的云々より、先にそのことを話さなくてはならなかった。伊子は嵩那の袖を軽く引っぱった。

「？」

「その件ですが、もしかしたら作為はなかったのかもしれません」

この状況で高倉典侍側をかばうようなことを言う伊子に、嵩那は怪訝（けげん）な顔をする。

「なぜですか？」

「もみぢです」

短く伊子は答えた。

「先ほど宮様が立ち上がられたさい、屏風に描かれていた紅葉が黄葉（こうよう）いたしました。それは宮様の影で遮（さえぎ）られていた大殿油（おおとのあぶら）の明かりを受けてのことだと思います」

はじめのうちは意味の分からぬ顔をしていた嵩那だったが、すぐになにかに気づいたように口許に手を当てる。そうだというようにうなずくと、伊子は軒端（のきば）に下がった燈籠（とうろう）を指差した。

「件（くだん）の女房が見たのは、灯火の下でも色の変わらぬ不可思議な麹塵（きくじん）ではなく、灯火を受けて麹塵色に見えた別の色の衣ではなかったのでしょうか？」

「だとしたらその者はいったいどこに？　直後に周りを虱潰（しらみつぶ）しに捜したというのに不審な者は見つからなかったではありませぬか」

だからこそ不審者より、亡霊の説のほうが強くなってしまったのだ。捕らえられなかったとしても、さいてい不審者の影だけでも誰かが見ていたら現実の存在のほうを疑っただろうに。

しかし伊子は、嵩那のその疑問に即座に応じてみせた。

「心当たりはあります」

「え？」

訝(いぶか)しげな顔をする嵩那に、伊子は微笑(ほほえ)みすら浮かべて言った。

「その件について調べさせますので、いましばらくお待ちください」

とっぷりと夜も更けた頃、清涼殿から一人の女房が出てきた。

高倉典侍である。葡萄(えび)染めの唐衣(からぎぬ)をまとい、裾濃(すそご)の裳(も)を引きながら進んでゆく。しかし彼女の足は、弘徽殿と麗景殿をつなぐ渡殿(わたどの)に上がって少ししてから止まった。ぴたりと据えられた彼女の視線の先に、男が一人立ちすくんでいた。

男が身にまとうのは黄味を帯びた緑色——すなわち麹塵色の袍(ほう)である。

少なくとも高倉典侍の目には、そう映ったであろう。

目を眇(すが)めたあと、高倉典侍はふたたび足を進めてその男との距離を詰める。

「宮様」

高倉典侍が呼びかけた相手は嵩那だった。

彼が着ていたのは緑色の袍。六位の官吏が着る位袍である。

「二品の親王様とあろう御方が、そのように下位の色をお召しになるなどと、いったいどういったご酔狂ですか？」

「それはこちらの台詞だ」

即座に嵩那は言い返した。剣のある物言いに、高倉典侍はぴくりと眉を跳ね上げた。

相手をけん制しあうように、たがいに物を言わずににらみあう。

両者の緊張が高まったところで、伊子は二人の間に割って入った。承香殿の丸柱の陰で様子を見ていたのだが、高倉典侍は気づかなかったようだ。

「尚侍の君」

とつぜん姿を見せた伊子に、高倉典侍は目を見張る。

伊子は玩具を扱うように檜扇を鳴らし、にっこりと笑いかけた。

「これでお分かりになりましたでしょう？　あなたの女房が見たものは、先帝の亡霊ではなく近衛府の将監ですわ」

「……」

高倉典侍は少しばかり表情を硬くしたが、特に驚いた様子は見せなかった。要するに彼女も薄々勘付いていたというわけだ。それはそうだろう。並みの女ならともかく、高倉典侍のような女傑が、あれだけ動揺していた女房の言い分を鵜呑みにするはずがない。

ちなみに将監は近衛府の三等官で、左右にそれぞれ六人配されている。位は六位で袍の色は緑である。相撲節会で牡丹肉騒動を引き起こした下﨟・待宵の恋人の右将監もこのうちの一人だった。

「さようでございましたか」

がらりと口調を変えて、高倉典侍は言った。

「私の女房の勘違いはお詫びいたします。あの者は真面目な忠義者なのですが、そのぶん少々思いこみが強いところがございまして」

いまさらのように語るが、そうなると騒動直後の女房に対する彼女の弁明はやはり演技だったということになる。あわて者の女房をいかにも信頼に足る人物のように仕立て上げて、伊子を窮地に立たせようとした。

(ほんとに、白々しい……)

忌々しさのあまり、伊子は檜扇の柄を握りしめた。

型通りに詫びの言葉を述べたあと、高倉典侍は上目遣いに伊子を見遣った。

「それにしても、なにゆえ近衛府の者が承香殿の前になどいたのでしょう？」

「私の女房に懸想していたそうです」

「懸想？」

俗っぽい言葉に呆気に取られる高倉典侍に、伊子はうなずいた。

単なる女房の勘違いが亡霊騒動まで広がってしまったのは、直後から不審者が見つからなかったからだ。時間的に考えて逃げ仰せられるはずがないのに、付近にはそれらしき者の痕跡すらなかった。

しかし緑の袍が灯火を受けていた可能性に気づいた伊子は、即座に左近衛府の将監達を疑った。なにしろあの場で真っ先に現場に駆けていったのは左大将とその部下達だったからだ。女房の悲鳴で闇に姿を消したあと、駆けつけた近衛府の集団に紛れてしまえば誰も疑わない。まして酒の席では、その前にどこにいようと周りも気にしないだろう。

千草に調べさせたところ、ある女房が左将監の一人から言い寄られていた。そこから個人を特定して問い詰めたところ、彼は承香殿の前でうろついていたことを白状した。

なぜ黙っていたのかを聞くと、実は騒動が起きた直後は自分が原因だと思わなかったのだという。確かに丑三つ時とでもいうのならともかく、宴もたけなわなまだ早い時間に渡殿に立っていただけで悲鳴を上げられるとは考えないかもしれない。

何事かと思っているうちに近衛府の者達や衛士達がやってきたので、訳が分からぬまま合流したということだった。

　少しして高倉典侍の女房が、どうやら自分を見間違えて先帝の亡霊だと騒いでいることには気づいたらしい。しかし彼には承香殿に立っていたことを人に知られたくない事情があったのだ。

　岳父（妻の父）が、宴席の場にいたからである。

　なんとも情けない理由ではあるが、気持ちは分からないでもない。一般的に男は妻の家族から支援を受けているから、特に舅には頭が上がらないことが多い。もちろん三顧の礼を持って迎え入れるほどの出世頭の婿とでもいうのなら話は別だが。

　ここまで伊子が説明をしたあと、付け足すように嵩那が言った。

「件の左将監には、左大将から厳しく言ってもらっている。日頃の勤務状況が真面目な者だというので、今回だけは大目にみることにしたそうだ」

　加えて帝にも左近衛大将が話すことになっている。先帝の亡霊などありえないと言いはしていたが、それでも真相を知れば安心するだろう。もっともそれ以上に呆れ果てるような気もするのだが。

　一連の説明を聞いても、高倉典侍に悪びれたようすはなかった。

「さようでございましたか。ならば私も、そそっかしい女房に注意をしておきますわ」

他人事のような物言いに苛立ちを覚えるが、事の起こりそのものにかんして高倉典侍は関与していなかった。彼女はたまたま起きた自分の女房の勘違いを利用して、伊子を御所から追放しようと目論んだだけだった。

とはいえこのまま〝では、また明日〟というわけにはいかない。

「この際ですから、あなたに言っておきたいことがあります」

ここぞとばかりに伊子は切りだした。

張り詰めたような口ぶりに、さしもの高倉典侍も身構える。

「私は御所を下がるつもりはありませぬ」

「……」

「実ははしたない宮仕えが、たいそう気に入っておりますので。私を主上から遠ざけようとして、あなたがいかなる画策したところで無駄――」

最後まで言い終わらないうちに、伊子は目を瞬かせた。

というのも自分を見る高倉典侍の表情が、まったく予想外の虚を衝かれたようなものだったからだ。

「典侍？」

「……ちがいます」

高倉典侍は声を上擦らせた。

「はい？」

高倉典侍は大きく首を横に振る。

そして訝しげな顔をする伊子と嵩那にむかって、あわてふためきながら言った。

「私は尚侍の君に、是が非でも御入内をしていただきたいと願っているのです」

「ご幼少のおりより、主上が尚侍の君に憧れていたのは存じておりました」

席に着くなり高倉典侍はそう語った。

もはや立ち話ですませる話題ではないと、三人は承香殿に入ることにした。そこで高倉典侍が口にした彼女の意図は、伊子が想像もしなかったものだった。

「斎院御所から戻る牛車の中で宮様は、いつもあなたさまのことをお話しになられておいでした。左大臣の大姫様が今日はこんな話をしてくれた。今日はとても良い薫りの香をつけていらした。今日お召しになられていた桜のかさねはとても上品だったと……」

そうやって高倉典侍が帝の思い出をひとつひとつ語るたびに、伊子は胸に鉛を落とされているような気持ちになった。

母親のような年齢の女に対する恋など、気の迷いに決まっている。そのように軽く考える気持ちはさすがに失せていたが、あらためて帝の想いの真摯さに打ちのめされる。伊子が何気なくしてきたこと、口にした言葉、選んだ衣装、そして香。そのひとつひとつが帝にとっては意味のあるものとなっていたのだ。

「ですからその初恋をぜひとも叶えていただきたいと──妃として正式に入内していただくのなら、尚侍は退いていただかなくてなりませぬから」

「それで御所から去るように、大君を促していたのか？」

嵩那の問いに、高倉典侍ははっきりとうなずいた。

なるほど。それなら帝に告げ口ではなく、嵩那に身を引くように忠告するはずだ。

まさかの動機に、伊子は猛烈に焦ってしまう。

「私は主上より、十六歳も年長ですよ」

苦し紛れに口にした自分の言葉に、すぐに自己嫌悪に陥った。

馬鹿のひとつ覚えのように、いまさらこんな言い訳をするなど卑怯ではないか。自分が帝の気持ちを受け入れられないのは、年齢差ではなく嵩那のことが好きだからなのに。それをこの期におよんで、しかもある程度察しているであろう高倉典侍に対していまさら白々しい。いっそのことはっきりと口にしたほうが、よほど誠実ではないか。

「さようなこと」

やけに朗らかに高倉典侍は言った。

「過去にも例がございますでしょう。年齢差に関係なく、帝の寵愛を得た女人達は。二条后（藤原高子）様はご夫君の清和天皇より九つも上であらせられましたし、藤原薬子などは母親のような年齢でありましたでしょうに」

伊子の中で罪悪感が一気に萎えた。

高倉典侍が喩えとして上げた女人は、二人ともろくでもない晩節を送ったからだ。二条后は帝亡き後、僧侶との密通を疑われて皇太后位を廃され（死後復権）、藤原薬子にいたっては謀反を起こしたうえに自害している。

「ここ数日間、尚侍の君のおふるまいを拝見させていただき、私は確信致しました。聡明でしっかりしておられるうえに、明るいお気立てで女房達にも慕われ、まさに国母としてふさわしい女人でございます。ええ、非常に高齢であることなど些細な問題ですわ」

両の手を顎の下で握りしめ、うっとりと高倉典侍は言う。

もしかしたら褒められているのかもしれないが、いずれにしろ先ほどの喩えと最後の一言で台無しである。妃としても高齢であることは認めるが、自分より年上の女人から「非常に」と修飾の単語をつけてまで言われる筋合いはない。

（なんなの、この女（ひと）！）

嫌味でないのなら天然なのか……いや間違いなく悪意がある。おかげで意気込みを取り戻すことができたのは幸いだ。伊子は檜扇（ひおうぎ）の柄を握りしめて気合を入れなおした。

「せっかくですけど」

思いっきり不快気に伊子は切りだした。

少し前まで伊子をかばうように前に出ていた嵩那が、慄（おのの）いたかのように身じろいだ。

「私は宮仕えを辞めるつもりはございません」

何度か口にした言葉だからか、高倉典侍はまったく表情を変えなかった。

伊子とて帝から勅命（ちょくめい）でも出されたら、どうあっても断りきれるものではないとは分かっている。それでもいまは伊子の気持ちを尊重してくれている。いつ帝自身の感情がその思いやりを上回るのか、あるいは静まってくれるのかも分からない。いずれにしろ伊子がどうこうできることではない。だからこそ人は、できる範囲で自分の気持ちを貫くしかできないのだ。

「この仕事が、好きですから」

胸を張って伊子は言った。

帝の求愛を逃れるための苦し紛れの出仕だったが、思いのほか性にあっていた。

面倒なことは山ほどあるし、時には落ちこむこともある。

けれど老若男女を問わず様々な人間と出会うことは刺激に満ちていたし、日々起こる問題への対処を考えることは遣り甲斐があった。女房達の中には時にはとんでもないことをやらかしてしまう者もいるが、総じて可愛く思っている。

入内をしたくないから仕事を辞めないのではなく、仕事を辞めたくないから入内をしたくない——当初とちがって自分の気持ちがそこに至っていることを伊子ははっきりと認識していた。

「存じております」

あっさりと応じられ、伊子は虚を衝かれる。

仕事が好きだから入内をしたくないなどと、左大臣の姫として変人極まりない。とうぜん非難されるか、あるいは奇怪な者を見るような目をむけられると思っていたのに、ずいぶんと簡単に受け止められたものだ。

呆気に取られる伊子に、高倉典侍はくすりと笑った。

「実は先ほど主上に、尚侍の君がそれほど愛しいのであれば入内を命じてはいかがかと進言に上がったところでございました」

高倉典侍が帝のもとに上がったことは、傍に控えていたから知っていた。だからこそ伊子は引き下がり、彼女が戻ってくる頃を見計らって緑の袍を着た嵩那に立っていてもらったのだ。あのときは高倉典侍の真意を勘違いしていたから、まさかそんなことを進言にきたとは思ってもいなかったけれど。

「……それで、主上はなんと」

しぼりだすような声音で尋ねたのは嵩那だった。

高倉典侍はきゅっと唇を引き、うっすらとした笑みを浮かべた。

「御自身のそばでいきいきと働いてくれる尚侍の君を愛しく、それ以上に眩しく思う。だからこそいまはその輝きを消したくない。ゆえに自分はけして焦らないと──かように仰せでございました」

高倉典侍の口から伝えられた帝の想いが、伊子の胸を貫いた。

それは鋼のような重圧とともに、光のような鮮烈さを持つ痛みだった。

帝が見ているのは、十年前の斎院御所での想い出ではない。いま彼の傍に仕える、尚侍としての伊子なのだ。

二度目の恋をした──。

かつて左近衛大将が口にした言葉を、あのとき伊子は目から鱗が落ちるような気持ちで聞いた。もしも帝があの言葉を聞いていたのなら、あるいは自分と同じように受け止めるのだろうか。

「私は主上に、先の東宮様のように無念な思いをしていただきたくなかったのです」

高倉典侍が口にした無念という言葉の指すものが、斎宮の君のことであるのは明確だった。やはり高倉典侍は斎宮の君の件を知っていたようだ。

「それゆえ、ついこのように出過ぎた真似を致してしまいました。されど主上は先の東宮様とはちがいました。なぜならかの君様は健やかな御体をお持ちでございますので、未来を見ることができるのです」

まるで天上からの声を聞くように、うっとりとした表情で高倉典侍は語る。

確かに生来身体が弱く、生まれたときから蠟燭のようにか細い生命の火を燃やし続けていたという先の東宮のような暗さは、今上にはない。当人は身内の縁が薄いことを気にしていたが、十六歳の青年帝は、春の川をさかのぼる若鮎のようなはちきれんばかりの生命力にあふれている。それは常日頃傍に仕えていてさえなお、目を細めてしまうほどの眩しさだった。

「主上は、未来に希望をお持ちですわ」

伊子と嵩那、そのどちらにともなく高倉典侍は告げた。

気がつくと嵩那は、これまで見たことがないほどの厳しい面持ちを浮かべていた。高倉典侍は、勝ち誇ったようにゆらりと檜扇を揺らした。

「私も薬師の申すとおり痩身に専念して健康を取り戻しましたので、これからはうんと長生きして、末永く主上を見守ってまいりますわ」

いけしゃあしゃあと述べられ、伊子は閉口した。なんのことはない。痩せた理由は病み窶れではなく、治療が功を奏したからだったのだ。それはそれで安心したが腹が立つことこの上ない。

高倉典侍が立ち去った後、伊子は腹立たしげにつぶやいた。

「……心配して損した」

気を取り直してみると、自分を見つめる嵩那の視線に気づく。

なにかを見透かしたような怜悧な瞳に、ひやりとして身がすくんだ。なぜだろう。咎められるようなことなどなにひとつしていないはずなのに――。

逃げるように逸らした視線を、伊子は所在無くうろつかせた。嵩那の顔を真正面から見られない。ひどく落ちつかない心地になる伊子の頭上に、龍笛のように幅のある嵩那の声が降ってきた。

「どうやら私も、過去にあぐらをかいてはいられないようですね」

※この作品はフィクションです。実在の人物・団体・事件などにはいっさい関係ありません。

集英社オレンジ文庫をお買い上げいただき、ありがとうございます。
ご意見・ご感想をお待ちしております。

● あて先
〒101-8050　東京都千代田区一ツ橋2-5-10
集英社オレンジ文庫編集部 気付
小田菜摘先生

平安あや解き草紙

～その恋、人騒がせなことこの上なし～

2020年 1 月22日　第1刷発行
2020年11月16日　第3刷発行

著　者　小田菜摘
発行者　北畠輝幸
発行所　株式会社集英社
〒101-8050東京都千代田区一ツ橋2-5-10
電話【編集部】03-3230-6352
【読者係】03-3230-6080
【販売部】03-3230-6393（書店専用）
印刷所　図書印刷株式会社

※定価はカバーに表示してあります

ISBN 978-4-08-680299-4 C0193

集英社オレンジ文庫

喜咲冬子

流転の貴妃
或いは塞外の女王

後宮の貴妃はある時、北方の遊牧民族の
盟主へ「贈りもの」として嫁ぐことに。
だが嫁ぎ先の氏族と対立する者たちに
襲撃され「戦利品」として囚われ、
ある少年の妻になるように言われて!?

集英社オレンジ文庫

神戸遥真

きみは友だちなんかじゃない

高1の凛はバイト先の大学生・岩倉祐に
ついに告白！　でも目の前には
同じ学校の不良男子・岩倉大悟が!?
告白相手を間違えたと言えないまま
バイト先と学校で交流が始まると、
大悟の意外な素顔が見えてきて…？